A Quienes El Corazón Decidió Amar

Lorenzo Eduardo Tucker

En Route Books and Media, LLC

St. Louis, MO

⎈ENROUTE
Make the time

En Route Books and Media, LLC
5705 Rhodes Avenue
St. Louis, MO 63109

Cover credit: TJ Burdick
TRADUCCIÓN: Adriana y Arturo Campbell

Library of Congress Control Number: 2021937493

ISBN-13: 978-1-952464-76-8

DEDICACIÓN

Este libro está dedicado a mi madre.

Capítulo 1

Mi querido amigo; voy a compartir mi trayecto de vida contigo. Quizás lo disfrutes. Posiblemente te ayude de alguna forma. Una persona no pierde su deseo, o la capacidad de compartir, simplemente porque esa persona radica en el cielo. La verdad es lo opuesto; para mi... ¡es un gozo compartir mi vida contigo! Ahora que me encuentro aquí en el cielo se puede decir que compartir es quien soy; he sido designado, como quien dice, a quienes el corazón decidió amar.

El cielo es tan maravilloso como nos han dicho. Por cierto es tan hermoso que ni lo puedo describir. Sin embargo, como está escrito en 1 de Corintios 2:9: *Ningún ojo ha visto, ningún oído ha escuchado, y ninguna mente humana ha concebido lo que Dios ha preparado para quienes lo aman.*

Es suficiente decir – fuimos creados para el cielo, y no poder llegar aquí sería la mayor catástrofe que pudiera sufrir el ser humano. Ese pensamiento es prácticamente inconcebible... especialmente para aquellos de nosotros que ya estamos aquí disfrutando de la eterna comunión de vida y amor que compartimos con Dios y el prójimo

Aquí la clave es C O M P A R T I R – porque la vida Cristiana se trata esencialmente de compartir. La misma creación es nada menos que un acto maravilloso de compartir que manifiesta lo bueno y hermoso del amor eterno de nuestro Padre. Y cuando sus hijos se encontraron encarcelados en aislamiento por su propia culpa, Él compartió con ellos su único hijo para que fueran libres de nuevo y vivir en comunión. La persona que vive en comunión con Jesús recibe no solamente la capacidad de compartir... ¡sino la capacidad de compartirse a sí mismo! Este obsequio de Dios, en particular, es una maravilla de valor inestimable.

Mi nombre es Benjamin Lake. No siempre fui una persona interesada en compartir. La verdad, tenía el mismo interés en compartir que un ladrón en ser atrapado. La palabra compartir casi no existía en mi vocabulario. La usaba únicamente cuando intentaba convencer a alguien que compartiera algo de valor conmigo. Mira, Benjamin Lake era, según la opinión de cualquiera, un hombre muy rico... y todas sus palabras, pensamientos, y hechos se enfocanaban en mantenerse como tal.

El simple pensamiento de perder mi estatus de multi-billonario era suficiente para provocar en mí un grado de angustia que yo prácticamente dejaba de funcionar – hasta que mi mente regresaba a pensamientos más gratos; como visualizar el lujoso interior del más nuevo de mis yates. Basado en esta "información íntima", quizás puedes pensar que yo no vivo el el mundo real. Lo que pasa es que el mundo en que vivía era un mundo creado por mi; no lo compartía con nadie.

Yo no hice absolutamente nada para obtener mi posición como uno de los más ricos del mundo. Yo, como se dice, nací en cuna de oro. Habiendo aclarado eso, puedo afirmar que hice todo lo posible para mantener ese estatus.

Me deleitaba cada minuto hedonista de mi existencia

privilegiada a tal grado que, si me preguntaras si disfrutaba la vida, probablemente te hubiera contestado que estaba tan cómodo que hasta parecía que... ¡la vida me disfrutaba a mi!

Mi fortuna ascendía a una cifra alrededor de setenta y cinco billones de dólares. No está mal para un hombre de treinta años que no hizo nada en su vida aparte de obtener un doctorado en Literatura Griega y Latin (filologías clásicas) de la Universidad de Harvard. Cuando no estaba contando mi dinero me encontraba leyendo obras de Herodoto (historiador Griego) en su idioma original. Me encantaba citar frases de sus obras ante la gente que criticaba la vida superficial e indulgente que yo llevaba: *Si un hombre insiste en ser serio y no se permite relajar, ni divertir, se volvería loco o al menos inestable sin darse cuenta.*

Por supuesto, yo ya estaba, al menos en el sentido espiritual, "loco e inestable"... yo sencillamente no lo sabía. Desconocer la verdad de mi vida personal fue inevitable porque me rodeaba de personas igual de desubicadas que yo. Hablando de "un ciego guiando a otro ciego", si el mundo fuera realmente plano, mis amigos y yo, desde hace tiempo, hubiéramos caminado hasta el borde y caído. Además, hubiéramos considerado este evento mucho menos desastroso que el horrible prospecto de perder nuestra fortuna.

La riqueza es algo curioso: ¿la poseemos... o nos posee a nosotros? Yo heredé toda mi fortuna de mi padre, Tomás Lake. La fortuna de mi padre consistía en varios minerales - petróleo, gas, oro, y plata. El capital que generaban estos valiosos minerales le permitió crear uno de los fondos de cobertura de lo más exitoso visto en "Wall Street" en todos los tiempos. Siendo una persona que no acostumbraba descansar en sus laureles, mi padre decidió fundar un banco innovador con base en Manhattan, Nuevo York. El le puso de nombre - *Banco Praetergressus* (Latín que significa- avanzar más alla)... porque él decía que la mayoría de los bancos perdían mucho tiempo y energía viendo hacia atrás para ver cómo se hacían las cosas en el pasado y no dedicando suficiente tiempo viendo hacia el futuro y siguiendo la trayectoria del mundo. Su banco sería el primero en reconocer y tomar ventaja de todas las tremendas oportunidades que se venían presentando a manera de que se iba desenvolviendo la economía mundial... aun cuando esto significaba que el concepto tradicional de lo que es un banco, y lo que hace un banco, tendría que cambiar de acuerdo a esta filosofía.

Aunque mi padre era un visionario en el mundo de finanzas y negocios, desafortunadamente, cuando se trataba de volar... ¡estaba más ciego que un murciélago! Un día cuando andaba revisando una de sus muchas propiedades piloteando su avioneta, bajó demasiado y chocó con una torre de celular ocasionando un terrible avionazo que provocó la muerte de él y mi querida madre, Anne Sheldon Lake, a raíz de las graves heridas que sufrieron.

Decir que me devastó la repentina pérdida de mis padres ni siquiera describe el vacío y la confusión que esto generó en mí. Sin duda, yo fui la tercer víctima de ese avionazo. Una profunda parte de mi ser murió ese día... tan muerto como mi madre y mi padre. Yo era hijo único, por eso en efecto, perdí a mi familia entera. Sin embargo yo ya me había acostumbrado a no tener hermanos ni hermanas pero, la pérdida de mi familia, la más cercana que yo tenía, fue un golpe tan tremendo que me tumbó.

Por supuesto, cuando era niño, la ausencia de

hermanos o hermanas tenía sus beneficios... y este hecho no pasó desapercibido para mi. Creciendo, gozaba de la atención que me brindaban mis padres, y me enfadaba ver que le demostraran la minima atencion a cualquiera de mis primos. Haber nacido increíblemente rico es una cosa. Pero haber crecido en una situación donde a raíz de la ausencia de hermanos, el hecho de que uno no se ve obligado a compartir ninguna de las cosas que esa gran riqueza provee, fue en retrospecto, más una maldición que una bendición. Si... tuve amistades. Y como señaló Euripides (un dramaturgo Griego de antaño): *Un amigo leal vale más que diez mil parientes.* Pero yo no contaba con un solo amigo de fiar; aun menos uno que me fuera leal.

Mis padres eran católicos. Entonces, en su mayor parte, fui criado con la fe católica. Vivíamos en un lujoso apartamento de cuatro dormitorios situado en la Quinta avenida de Nueva York, y asistía a misa todos los domingos en la catedral de San Patricio. Todavía puedo escuchar a mi padre llamándome por la mañana del domingo: "Benjamín... ¿cómo vas? Ya mero es hora de misa". Y yo respondía, "Estoy listo, papá. ¿Me puedo sentar contigo en la iglesia?". Muy seguido tuve que escuchar su respuesta desagradable: "Lo siento, Benny, tengo una junta de negocio importante y voy a tener que salir fuera de la ciudad esta mañana. Regresaré en un par de días e iremos a caminar juntos al Parque Central". No es que no me gustaba ir a caminar con mi padre al Parque Central... ¡me encantaba! Me era difícil esperar hasta el momento que llegáramos a la estatua de *Alicia en el País de las Maravillas,* para subirme sobre ella y jugar con todos los niños que se congregaban allí. Pero cuando él no nos acompañaba a la iglesia, prácticamente se anula la

5

principal razón que había para ir en primer lugar; que era estar en comunión con Dios y con mi familia. Sin realizarlo, mi padre me enseñaba algo que, desgraciadamente, aprendí mucho muy bien... el dinero es más importante que Dios. Pero ni mi padre ni yo aprendimos la verdadera lección que tanto necesitábamos aprender... *Ningún hombre puede servir a dos amos.* (Mateo 6:24).

Lo mas hermoso del cielo es que aquí todos amamos a Dios con nuestro corazón entero, nuestra alma entera, y nuestra mente entera. ¡No hay corazones divididos en el cielo! Muy seguido en la vida las cosas más simples son las más difíciles de aprender.

Cómo pude superar la pérdida de mis padres, realmente no lo se, pero algo si se.... no acudí a Dios: acudí al mundo. Haber asistido a la escuela de las Naciones Unidas Internacional, en Manhattan, Nueva York, por doce años, y a la Universidad de Harvard en Cambridge, Massachusetts, por diez años, literalmente conocí el mundo. Como dice el dicho, "tenía amigos influyentes"; no nada más en mi propio país, pero en el mundo entero; gracias especialmente a mis doce años en "EINU".

Me lancé al mundo de la misma manera que un cerdo se tira al lodo y la suciedad de su corral... ¡y funciono! Me perdí en un torbellino de viajes sin sentido alrededor del mundo, derrochando dinero y participando en regocijos bacanales dementes, al tal grado de que mi primo, Geoffrey, el siguiente en línea para heredar la fortuna "Lake", empezó a pensar seriamente en cómo manejar la situación cuando finalmente logrará yo terminar con mi vida.

San Ignacio de Loyola, dijo que una manera de saber que uno ha tomado una decisión equivocada es que esa decisión cause sentimientos espirituales "desoladores". Es decir, que el alma se siente agitada e internamente confundida con una inclinación compulsiva hacia las cosas mundanas... a la vez acosada por tentaciones raras. Claramente, basado en lo dicho, la decisión que tomé fue equivocada... ¡muy equivocada! Pero mi brújula moral para entonces ya estaba tan deteriorada que yo ya no estaba consciente del potencial destructivo de este nuevo rumbo. Es más, ni siquiera estoy seguro en toda conciencia de haber tomado esa clase de decisión. Entre sin pensar, tan rápida e instintivamente, en mi modo de escape que me encontré deslizando por un camino peligroso a toda velocidad... ¡en piloto automático!

Huía de mí mismo; la vida se volvió una carga tremenda y no encontraba ni la fortaleza ni el deseo de seguir. "Benjamin... mas vale que despiertes", grito mi primo Geoff, "si sigues así, vas a derrochar toda tu herencia... tal como el hijo pródigo. Nada mas que... ¡tu no tienes padre a quien regresar!". La inquietud de mi primo no era sincera; la única cosa que sinceramente le interesaba era el hecho de que yo estaba derrochando lo que sería su herencia en caso de que yo falleciera. ¿Donde esta el cariño que supuestamente existe entre familia? Cuando el dinero reemplaza a Dios en una familia, entonces el amor, que es un tesoro celestial sin precio, es reemplazado por la avaricia mundana.

Capítulo 2

¿Cómo fue que llegué a la casa vacacional de mi familia en Costa del Sol, España, realmente no lo se? Mi vida en aquel tiempo se había vuelto tan confusa y caótica que se había convertido en una enorme tiniebla. Me encontraba en un país extranjero sin el mínimo conocimiento de cómo había llegado, o porque vine en primer lugar. ¿Vine en el yate... vine en el jet... estaba solo en la casa o me acompañaban otros? No estaba seguro. Y la verdad – me importaba poco.

Tropezando, salí de mi dormitorio y bajé por la escalera al piso principal de nuestra hermosa casa, con vista a la marina. Era una gloriosa mañana en Costa del Sol; y abrí las cortinas permitiendo la entrada del sol que penetraba desmedidamente. El esplendor fue tan exuberante que, por un momento, me sentí totalmente sorprendido, banado en el calor de esa brillante luz celestial. Sentí algo... algo diferente; algo que no había sentido desde la muerte de mis padres seis meses antes. Por un instante me sentí... ¡"humano" de nuevo!

Me asomé por la ventana rumbo a la marina para ver si mi yate de setenta metros, "AMIGO", se encontraba allí. No lo estaba. Ya sabía entonces que yo había llegado a España en mi jet; lo que quiere decir que mi piloto, Pancho Luna, estaría hospedado en un hotel cercano, esperando mi llamada confirmando mis planes de vuelo. Decidí llamarle después del desayuno, pero primero fue necesario sentarme unos minutos para reflexionar sobre lo que había sentido cuando me baño el sol con su esplendor.

Sentado allí, en nuestro magnífico y rústico sofá construido de esa piel tosca española de Extremadura, realice algo; mi estado mental era diferente... al parecer había mejorado.

Para empezar, en los últimos seis meses, no me había detenido ni siquiera un momento para reflexionar en nada. Allí estaba, sentado, calladamente contemplando mi vida. Me parecía extraño, pero a la vez, completamente normal y humano.

En medio de mi meditación surgió un pensamiento en particular, quizás se le puede llamar intuición espiritual. Nació dentro de mí y domino mi estado de conciencia. Ese sentimiento es lo que comúnmente se le refiere como... esperanza. Si... ¡estaba sintiendo esperanza!

Tan raro como se oye, sentir esperanza; era algo que yo desde hace tiempo, mucho tiempo, había abandonado. Pero, allí me encontraba... actuando y sintiéndome como un ser humano normal, de carne y hueso, que por una asombrosa y misteriosa razón, había encontrado la esperanza en su vida.

Seguramente, Pancho se había comunicado con la cocinera porque la oí preparando el desayuno en la cocina. "Quiere desayunar, señor Lake", me preguntó. "Si... gracias, Angela", le respondí. "Señor Lake... Pancho está esperando su llamada". "Gracias, Angela... le llamaré enseguida", le declaré. Mientras caminaba al otro lado de la sala, sonó el teléfono. "Buenos días, señor Lake", habla Memphis, ¿cómo están las cosas en Costa del Sol?" (la señorita Memphis Taylor era mi secretaria ejecutiva).

"Todo bien aquí, Memphis... ¿como están las cosas en Nueva York?". "Todo bien aquí, señor Lake, nada más quería consultar con usted referente a su junta importante pasado mañana en San Cristóbal de las Casas, Chiapas, México. ¿Va a necesitar algo de nosotros aquí en la oficina central?". Pues... no nada mas se me había olvidado totalmente, sino que no tenía la menor idea de la razón porque se tenía planeada dicha junta.

"Si, gracias Memphis, aparentemente perdí mi agenda. Estoy seguro que tengo un croquis para esa junta en mi computadora, pero en el ínter... ¿me puedes proporcionar una breve idea de lo que es el plan por vía telefónica?". "Seguro, señor Lake. Usted y Pancho tienen reservaciones en el Hotel Bo, en San Cristobal, de lunes a viernes. No es el Waldorf Astoria, pero es un hotel de cinco estrellas y debe estar muy cómodo. Su primer junta es el martes por la noche en el restaurante Lum; es el restaurante de su hotel y estarán presentes el señor Juan Ortiz, Secretario de Finanzas, y el señor Raul Ortega el Secretario Ambiental".

"El miércoles por la mañana, se le dará un recorrido por San Cristóbal. En el almuerzo de esa tarde estara presente el Secretario de Gobernacion, Sr. Marcos Ruiz... el miembro de mas alto rango del Gabinete de la presidencia. Los otros dos secretarios tambien estarán presentes en ese almuerzo. El almuerzo del miércoles será la principal reunión de negocios. Todos los miembros del Gabinete regresarán a México el miércoles por la noche. El jueves es un día libre para ti... descansa, compra, haz lo que quieras. El viernes, Pancho lo llevará de regreso a Nueva York; ¿alguna pregunta?".

"Eh...si, Memphis, solo una pregunta: ¿exactamente qué es lo que vamos a discutir en estas juntas?". "¿Está bromeando, señor Lake?", respondió Memphis en un tono de voz cómico, "O bien...ya entendí; usted nada más quiere saber lo que se de la junta. Bueno, ahí va – es muy sencillo. El gobierno mexicano está contemplando la posibilidad de desarrollar el ecoturismo en la selva Lacandona... especialmente en la reserva de la biosfera de Montes Azules, y quieren ver si el Banco Praetergressus, en otras palabras, usted, tendrá algún interés en invertir en dicho proyecto".

"Pero hay un detalle", añadió Memphis, "el banco Praetergressus no está interesado en el ecoturismo. Lo que queremos, o más bien dicho, lo que quieren nuestros inversionistas, es desarrollar el petróleo en la selva Lacandona. Recuerde...nuestros inversionistas más influyentes son los interesados en el petróleo y el gas, la mayoría de ellos 'Texanos', y también de otras partes del país. Y no olvide al senador Anderson de Texas, que está presionando para conseguir el desarrollo de los recursos de la reserva Lacandona. El dice que el petróleo mexicano es lo que permite a los Estados Unidos dejar de comprar petróleo a nuestros enemigos en el Medio Oriente, y agregó, que en consecuencia, usted sería algo como un traidor a su patria si no se esfuerza para conseguir el derecho de perforar en esa zona".

"¡Excelente, Memphis! Eres una asistente extraordinaria. ¿Donde estaria yo sin tu apoyo?"... como vagabundo; ¡viviendo bajo un puente sería la respuesta más apropiada!"

"Espere, señor Lake. Por poco se me olvida... hay una cosa mas: Ricardo Villanueva, el Secretario de Energía, no recibió invitación por parte del gobierno mexicano para asistir a estas juntas. Tomando todo esto en cuenta, se entiende porque. Pero el es el de mayor importancia para nosotros porque es el único integrante del gabinete que está a favor de perforar. Es obvio que se va a beneficiar con una gran fortuna si se aprueba el desarrollo del petróleo en la reserva de Montes Azules en la selva Lacandona".

"Es por esa razón que él ha solicitado una entrevista privada entre ustedes dos el miércoles por la noche; los otros Secretarios no están enterados de esto. La junta les dará a los dos la oportunidad de explorar varias opciones referente a la agenda del petróleo. Debe usted saber que la oposición más enérgica al desarrollo viene de la gente indigena marginada de esa región que vehementemente se opone. Los ambientalistas también presentan un serio problema. La cita será a las nueve de la noche, apropiadamente, en el restaurante *El Secreto*... ubicado en el número 24 de la avenida 16 de septiembre. Nada más de mencionar su nombre al Capitán y él lo llevará a un comedor privado... ¿alguna pregunta?".

"No, Memphis... ¡muchisimas gracias! Hablamos despues, ciao". Todo me pareció bien, se presentaba la oportunidad de ganar una seria cantidad de dinero usando una estrategia efectiva con el Secretario de Energía, Ricardo Villanueva. A pesar de que yo tenía poca experiencia como ejecutivo en el mundo empresarial, a través de los años, observando y escuchando a mi padre logre aprender todo lo básico. Después de haber acompañado a mi padre en sus negociaciones (lo cual a veces me permitía manejar a mi manera), él reconoció mi abundante potencial y me rogó que me inscribiera en la escuela de Administración de Empresas de Harvard. Pero, a mi me fascinaba el mundo antiguo y estaba determinado a ingresar al programa de Estudios Clásicos de Harvard.

Sin embargo, había desarrollado un gusto por las "cosas finas" de la vida, de lo cual lo más fino era... ¡el dinero! Por lo tanto, hacer dinero, para mi, era instintivo. El prospecto de lograr un acuerdo en Chiapas era algo que para mi, como se dice, me venía "como anillo al dedo". Cuando se trata de una importante cifra de dinero a mi alcance, me encuentro extremadamente motivado y enfocado, entonces, como del famoso "hombre lobo" en su transición de humano a lobo, yo sentía la avaricia dentro de mi crecer... mientras que mi humanidad desvanecía.

La fe en Dios es algo maravilloso; pero, si no la poseemos... ¿que nos salvará de nosotros mismos mientras transitamos los retos de las pasiones que nos asaltan en nuestro camino por esta vida? Para empezar, mi fe era débil, pero cuando se estrelló el avión que llevaba a mis padres, la poca fe que tenía se estrelló junto con ellos. Como mencioné anteriormente, esa pérdida me endureció el corazón y emocionalmente, me volvió notablemente frío, que en realidad es decir mucho... considerando que nunca fui una persona sentimental, para empezar. Me importaba poco los pobres, los indígenas, o el ambiente. Mi labor era hacer dinero. No tenía ni el tiempo ni la energía para atender estos detalles insignificantes. Esto era trabajo para otro.

Esta era mi mentalidad cuando lidiaba con otros empresarios y buscaba lograr el mejor trato posible. No se porque, pero note que esta vez no entre en mi papel de devorador como lo había hecho a menudo en tiempos pasados. Pensé que quizás estaba exhausto y sencillamente no tenía la energía para asumir ese plan agresivo. De todas formas, me encontraba relativamente relajado preparándome para mi viaje a México.

Le avisé a Pancho que saldríamos rumbo a Miami por la mañana y al día siguiente partiremos rumbo a San Cristóbal.

Capítulo 3

"¡Que hermoso hotel, Sr. Lake! ¿Se ha hospedado aquí previamente?", preguntó Pancho. "No, Pancho", conteste, "nunca he tenido razón para venir a San Cristóbal, pero, estoy de acuerdo contigo; es un lugar único... ¡super artistico! Estoy exhausto como seguramente tu tambien lo estas; manana voy a aprovechar para descansar y prepararme para la primera entrevista. Con confianza, aprovecha todas las amenidades del hotel y también los recorridos que ofrecen. Probablemente no te veré durante la semana pero definitivamente nos vemos el viernes a las nueve de la mañana para desayunar. Y luego, después de desayunar, emprenderemos el vuelo a Nueva York". "Me parece bien, Sr. Lake", contestó Pancho. "¡Vaya con Dios!". Pancho era un mexico-americano que había sido piloto de combate en la guerra del Golfo... Operation Desert Storm. Seria dificil para mi encontrar mejor piloto...Pancho era lo máximo.

La primera entrevista para cenar la noche del martes fue tranquila y muy amena. El restaurante estuvo espléndido, y los oficiales del gobierno mexicano fueron tan amables que me hicieron sentir haberlos conocido toda mi vida. Como es costumbre en México los asuntos de negocios ni siquiera se mencionaron en esta primera entrevista. Sobraría tiempo para esto después. Lo importante aquí era conocernos bien y establecer confianza entre nosotros. En México, esa relación se considera de suma importancia y toma precedencia sobre todo. Después de una espléndida cena, me retiré a mi lujoso suite y tranquilamente me puse a leer un foyeto del hotel que describia el recorrido de San Cristóbal que estaba programado para la siguiente mañana.

"Buenos días, Sr. Lake, son las nueve de la mañana, mi nombre es Rosario, y voy a ser su guia. Le llamo para avisar que los Secretarios lo esperan en el lobby. Estamos a punto de partir en nuestro recorrido de San Cristóbal. ¿Le gustaría acompañarnos?" Rosario, era una hermosa mujer Maya de 28 años, con maestría en Historia. "Si, por supuesto", le respondí. "Bajo al lobby enseguida, gracias."

San Cristóbal es una ciudad de 150,000 habitantes que se encuentra en los cerros del estado de Chiapas, ubicada en un valle alrededor de 7,200 pies sobre el nivel del mar. El nombre indígena de la ciudad es... Jovel; que significa – lugar en las nubes. La ciudad está rodeada de montañas y es de lo más pintoresco que se puede uno imaginar. En el 2001 el Secretario de Turismo inició un programa para señalar ciertos lugares como... "Pueblos Mágicos". y en el 2010 el presidente de México le otorgó un gran honor a San Cristóbal de las Casas, asignándole el título: El Más Mágico de los Pueblos Magicos de Mexico.

Aparentemente el enfoque del municipio es el turismo junto con la elaboración y venta de artesanías indígenas. Gracias a que el vehículo utilizado para el recorrido, y conducido por Rosario, era un Jeep abierto y nos permite una vista panorámica impresionante. "¿Una hermosa vista, verdad Sr. Lake?", grito Rosario. "Si, Rosario...me gusta mucho!". El Español no el Latín o el Griego, era mi segundo idioma. Gracias al amor de mis padres por España y nuestra casa vacacional en Costa del Sol, hable espanol desde muy temprana edad.

Rosario, nos llevó a un par de mercados ambulantes y también a varios museos muy interesantes. Transitando por las antiguas calles de adoquín de un pueblo colonial, nos cruzamos en el camino con mucha gente indígena. Nunca había visto tanta gente indígena concentrada en un sitio urbano. Donde voltearas... allí estaban; hombres, mujeres, niños, adolescentes, ancianos. Algunos estaban vestidos con ropa moderna, pero la mayoría lucían trajes tradicionales de su tribu.

La mayoría de ellos trabajaban de vendedores, y era bastante obvio que eran extremadamente pobres y que jamás serían capaces de vender lo suficiente de sus productos para rescatarlos de la pobreza que ellos y sus antepasados han sufrido por siglos. A pesar de su difícil labor, la vida para ellos seguía siendo una batalla para sobrevivir. A la vez, no aparentaban estar disconformes. No percibí nada de ira ni amargura en ellos. La verdad, aparentaban estar muy en paz...al menos así parecía.

Sin embargo, no me sentia comodo con ellos, no me agradaban, honestamente, eran demasiado diferentes por mi gusto. Eran tan callados, tan misteriosos... ¡tan pobres! Sospecho que su pobreza fue el principal aspecto de su vida que sirvió para provocar mis sentimentos negativos para con ellos. A manera que pasaban las horas esa mañana, no vi un fin a su presencia numerosa, la verdad, se empezó a manifestar mi desagrado para con los indigenas; no simplemente por que eran pobres pero porque a pesar de su extrema pobreza irradiaban una paz interior auténtica que yo, incrustado de capa sobre capa de riqueza mundana... ¡no la tenía! La pobreza de los indígenas, lejos de ser abrumadora, parecía ser libertadora; mientras que mi estupenda riqueza, no traía consigo liberación. Mis pertenencias eran como una ancla con su cadena alrededor de mi cuello; o mas bien dicho... ¡alrededor de mi espíritu! A pesar de esta "sobredosis" de contacto con gente indigna, esto me permitió verlos en otra luz. Seguía rechazandolos porque yo racionalizaba que ellos no tenían derecho de robar mi paz y privarme de esa minima sensacion de paz imaginada que quedaba en lo más profundo de mi corazon quebrantado.

"Quisiera concluir este recorrido", anunció Rosario, "llevándolos a conocer la iglesia de Santo Domingo; una de las más majestuosas de Latino América. Tambien...

nosotros visitaremos la catedral de San Cristóbal Mártir; que usaba el famoso fraile Bartolomé de las Casas... el primer obispo de Chiapas". En esta etapa de mi vida tenía poco interés en ver iglesias. Yo le había dado la espalda a Dios porque sentía que Él me había dado la espalda a mi. Es más, no había estado en ninguna iglesia desde el "avionazo". A pesar de que mi vida iba por mal camino desde ese entonces nunca imaginé que pudiera haber alguna conexión entre esos acontecimientos.

Los Secretarios, siendo católicos, se mostraron muy entusiasmados y contentos de que íbamos en camino a conocer las iglesias, así es que oculté mi renuencia e intenté demostrar algo de entusiasmo: "OK...pues... ¡será mi primer vez dentro de una iglesia católica mexicana!". Estaba esperanzado de que mi comentario sirviera para disfrazar mi falta de fe. Hasta el momento la cosas marchaban bien con los representantes del gobierno y yo no quería estropear lo hecho apareciendo como un apóstata. Ellos pensaban que yo era un ferviente católico.

"Hemos arribado, caballeros", anunció Rosario, "tenemos aproximadamente veinte minutos para visitar la iglesia de Santo Domingo, y luego, terminaremos con otros veinte minutos en la catedral. Yo los esperaré aquí, frente a la iglesia, en veinte minutos".

Del punto de vista artístico la iglesia de Santo Domingo era sumamente impresionante. La fachada es una obra maestra de escultura al estilo barroco. Al entrar, lo recibe a uno una explosión de arte barroco que se desenvuelve en cualquier dirección que uno fije la mirada. Es imposible no apreciar el tremendo esfuerzo que se llevó desarrollar esta obra de arte tan intensa y detallada sin ni siquiera mencionar la profunda fe y devoción que representa.

Sin embargo, todo me pareció muy perturbador. Sentí que aquellos que construyeron la iglesia, contrario a mi, poseían verdadera fe. Me sentia "vacío" dentro de ella. Me hizo consciente de mi distanciamiento de aquella fe fuerte e inocente de mi juventud. Allí estaba, sentado dentro de esa iglesia histórica considerada como un tesoro nacional por su plétora de arte religioso,y yo... sintiendo tristeza y confusión. Los Secretarios al contrario paseaban dentro de la iglesia con mucho entusiasmo, fe, y admiración.

Intente lo mejor que pude salir de la iglesia desapercibido. Saliendo, por poco me llevó de encuentro a Rosario que a su vez venía entrando: "¡Oh, disculpe! Lo siento, Rosario", le dije. "No hay cuidado", contestó Rosario, "digame; ¿que tal le gusto la iglesia? Lo noto preocupado". Lo que menos necesitaba en ese momento era una mujer intuitiva viéndome directamente a los ojos...o mejor dicho...directamente a mi corazón. Pero instantaneamente se me ocurrió una muy buena contestación: "Es usted muy observadora, Rosario. Estoy profundamente impactado por la extraordinaria belleza de la iglesia como tambíén el maravilloso amor de quienes la construyeron. Me afectó tanto que sentí la necesidad de salirme para poder recuperar mi serenidad". "¡WOW, Sr. Lake – que cosa tan hermosa¡ Del sin fin de personas que he traído a esta iglesia, ¿jamás he escuchado una respuesta tan maravillosa! Obviamente, es dueño de una extraordinaria fe profunda y sincera. Dios debe estar muy contento con usted".

"Bueno, Rosario", logré decir, después de escuchar el comentario tan positivo sobre lo que yo había dicho que me dejó sin palabras, "es usted muy amable. Pero creo es más preciso verlo de esta manera: recuerde el dicho... Si tiene fe como un granito de mostaza (Mateo 17:20), ese soy yo Rosario". "Es usted un hombre bendecido Sr. Lake... ¡posee un humildad espiritual! La primera Bienaventuranza, Sr. Lake, dice... Benditos los pobres de espíritu, porque de ellos es el reino de los cielos. Me siento privilegiada por haber tenido la oportunidad de conocerlo hoy, Sr. Lake".

Caminando de regreso al Jeep realice que aquel sentimiento abatido que sentí en la iglesia había desaparecido repentinamente... ¡por completo! De alguna manera o otra, las palabras de Rosario habían penetrado en lo más profundo de mi corazón y lo restauraron instantáneamente. ¿Como lo pude lograr? Me preguntaba a mi mismo: "La intuición no lo explica... debe de haber algo más". Algo que mencionó Rosario al empezar nuestro recorrido se me hizo más claro: "San Cristóbal de las Casas es... El Más Mágico de Los Pueblos Mágicos".

"Última parada", gritó Rosario, "la Catedral de San Cristobal Martir". Mientras los Secretarios y yo cruzábamos el zócalo (Plaza de la Paz) en rumbo a la entrada principal de la catedral, me detuve a investigar un puesto ambulante a un lado que me pareció algo raro. Pintado al frente de este puesto se encontraban las palabras "Casa Bartolomé". Al mando de esta rústica tienda ambulante se encontraba una docena de indígenas de 10 a 16 años de edad. Vestían de coloridos trajes tradicionales completo con su sombrero de paja. Colgados por todos lados del puesto especialmente de su techito improvisado de "tri-ply" que servía para proteger del flameante sol tropical, estaban unos crucifijos de madera labrada a mano. Algunos de los niños salían a distintos sitios dentro del zócalo cargando unos cuantos crucifijos y funcionando como vendedores ambulantes.

Los crucifijos eran de diversos tamaños; el más chico media 8 pulgadas, y el más grande 18 pulgadas de largo. Todos estaban hechos del mismo tipo de madera pero había algo único en los crucifijos. El Cristo crucificado no era de un material sólido...estaba pintado directamente sobre la madera.

No solamente estaba pintado el Cristo sobre la cruz, sino que los pintores eran los mismos niños. Además, charlando con ellos, descubrí que eran huérfanos y que Casa Bartolomé era un orfanatorio. Desconozco porque me dirijí a ese puesto en primer lugar, quizás fue que después de mi experiencia en la iglesia de Santo Domingo, no quise arriesgar entrar a otra iglesia. Además, sospecho que la verdadera razón fue que este grupo de bribones con su carreta ambulante me recordó de una serie de televisión llamada "The Little Rascals" que yo veía de niño. Lo único que faltaba de esta escena cómica era Petey...el perro de los "Little Rascals" que se identificaba por su anillo oscuro que lucía alrededor de un ojo.

Hasta ese momento no había comprado nada en nuestro recorrido porque, como mencione previamente, me sentia muy incomodo estar con la gente indígena y mi tendencia era evitar tener contacto con ellos lo más posible. Pero este grupo de huérfanos era diferente por alguna razón. Empecé a sentir solidaridad para con ellos...como si tuviéramos algo en común. ¿Pero cómo puede ser posible? Luego me vino la realizacion... ¡yo también era huérfano!!! Si había enormes diferencias; yo era un adulto y un multi-billonario. Sin embargo, desconocía en el momento como se sentía no tener padres. Al compartir este sentimiento con ellos, el más pequeño tomó uno de los crucifijos y me dijo: "Sí señor...no tener padres es una cruz que debemos llevar". Inmediatamente decidí comprar el crucifijo de 8 pulgadas que sostenía el niño, entregando un billete de cien dólares al mayor del grupo que era el responsable del dinero.

Con un perfecto inglés el niño respondió: "Sir...the crucifix Rodrigo showed you sells for three dollars; lo siento pero no tengo cambio de su billete". "Esta bien", le respondí, "dame tres crucifijos mas para mis amigos...y quédate con el cambio". El nino me dirigió su mirada confusa como diciendose a si mismo... "A pesar de que hablo bien inglés, no deja de ser mi tercer idioma. Posiblemente no entendí lo que me decía este Americano". Observando su dilema mental le dije claridosa y lentamente: "Se que es mucho dinero, pero puedes quedarte con la feria – considerarlo como una donación". Cuando finalmente entendió mis palabras, su carita resplandeció mostrando una sonrisa de oreja a oreja: "¡Muchas gracias señor! Al padre Bill le dará mucho gusto...que Dios lo bendiga y lo proteja".

Al entrar a la catedral por su enorme puerta, cargado de crucifijos recién comprados, pintados a mano por los huérfanos Mayas, me sentí un poco más digno y mucho menos intimidado por el temor de ser doblegado por el dolor, la culpa, y el remordimiento. Pensé, para estar mas seguro, debería cerrar mis ojos; o fijar la vista hacia el piso para eliminar por completo la posibilidad de otra deprimente experiencia de "iglesia".

La idea de entrar a una iglesia desconocida con ojos cerrados realmente no era opción; y fijar la mirada al piso era logísticamente imposible. Entre a la catedral como una persona normal viendo todo lo que me rodeaba. Qué contento estaba de descubrir que era mucho menos adornada que la anterior. Mucho más sencilla, tanto que inspiraba una sensación de paz. "¡Justo lo que el medico me habia recetado!", pensé, caminando por el pasillo central, con la realización de que me había salvado y podía bajar la guardia por los siguientes veinte minutos.

No puedo decir que hice algo interesante con mis veinte minutos dentro de una iglesia de las más históricas del mundo. Lo único que hice fue sentarme pacíficamente en una banca. No pensé en nada, ni miraba a nada – no mas permanecía sentado. Ahora, para mi en esta etapa de mi vida, estar sentado pacíficamente y haciendo absolutamente nada era más histórico que la misma catedral.

"Sr. Lake, disculpe la molestia", susurró Rosario, "se que se ha envuelto en un estado de oración elevado, pero estamos listos para regresar al hotel y no quería dejarlo... al menos de que usted lo prefiera. Son las doce y su reunión de comida empieza a la una". "¿Estado de oración elevado?" pensé, "¡No lo creo!". Pero... ¿Quien sabe? No me explicó la tranquilidad que estaba sintiendo; me imagine que fue resultado de mi cansancio. Sea lo que sea, lo que sucedió en esa catedral fue lo suficiente placentero que decidí en ese momento regresar el siguiente dia.

"Gracias, Rosario...definitivamente quiero regresar con

el grupo al hotel", le contesté. Salimos de la iglesia y noté que "Lo Bribones (Little Rascals)" ya no estaban trabajando en el zócalo. Al llegar al Jeep, los oficiales mexicanos ya estaban allí platicando. "Rosario... caballeros", les anuncié, "tengo aquí algo que quiero compartir con ustedes". Saqué los crucifijos de la bolsa y los repartí entre ellos. "Gracias Sr. Lake", exclamaron los oficiales, "que hermoso... ¡Gracias!". Luego, Rosario dijo... "Sr. Lake, no se como agradecerle. Conservaré este crucifijo como un tesoro el resto de mi vida. Y El hecho de que fue elaborado y pintado a mano por huérfanos indígenas... ¡lo hace aún más especial!".

Querido lector... ¿puedes ver lo que realmente sucedió allí? Por primera vez en mi memoria, yo libremente compartí algo significante con otros. ¡Y esto salió del corazón! No había agenda oculta... nada a cambio. Ni siquiera lo pensé; en el momento, todo me pareció tan natural...tan espontáneo. Pero algo me sucedía; mi humanidad renacía.

"¿Qué piensa hacer con su crucifijo, Sr. Lake?", preguntó Raúl Ortega, el Secretario Ambiental. "Una persona muy sabia, una vez me dijo", le contesté, "que lo mejor que se puede hacer con una cruz es cargarla. Así es que la llevaré conmigo a donde vaya". Por supuesto, me refería al niño huérfano Maya que me lo dijo: "No tener padres es una cruz que debemos llevar". "¡Muy buena idea, Sr. Lake...muy buena!", añadió el Sr. Ortega.

Capítulo 4

Contento de haber regresado a mi habitación en el hotel, empecé a prepararme para la entrevista importante que iba a acontecer. Acostado sobre mi cama "King size" recién tendida, sin zapatos y con la cabeza sobre dos gigantescas almohadas...me puse a pensar; que mañana tan inusual había sido. ¿Quien se hubiera imaginado que el egoísta empedernido, Benjamin Lake, estuviera donando dinero a la gente indígena y comprando crucifijos para obsequiar? Me puse a meditar sobre las palabras hermosas de Rosario y como me habían tocado el corazón. Tomé mi crucifijo nuevo y mirándolo a los ojos: "¿Estás tramando algo, no?", le dije, "¿Que haces conmigo?". Se me ocurría decirle que me dejara solo, pero por alguna razón no me salían las palabras. Estaba experimentando algo totalmente nuevo, algo que me provocaba burlarme cuando lo veía en otra persona. Estaba sintiendo mansedumbre.

"Esto es imposible; yo... ¿SUMISO? ¡Jamás... ni en un millón de años! Esto es contrario a las reglas de la familia Lake. Los indígenas, si...ellos, si, son sumisos; lo tienen muy estudiado. Pero yo... ni de chiste; no es parte de mi ADN". De repente, se me viene una nueva idea a la cabeza: "¡AHA!!! Seguro, ya sé lo que es... es la altura de este lugar

25

que me esta afectando. Si, por supuesto; me esta calmando... haciéndome más sereno. Eso es lo que me pasó. ¡Bien! Entiendo lo que sucede".

La reunión de medio dia estuvo muy bien...al menos a mi parecer, sin embargo no estoy seguro si los representantes del Gobierno Mexicano tendrán la misma opinión; su intención era persuadirme a invertir en su plan de desarrollo de ecoturismo en esa región. El Secretario de Gobernacion, Marcos Ruiz, fue muy detallado y convincente. Como dice el dicho: *Le pudo haber vendido hielo a un Esquimal.* Yo llegué a la junta con la mente cerrada. Sabía lo que yo quería y no era ecoturismo. Sin embargo, les seguí el juego haciéndoles pensar que tenía un interés en lo que proponen, aunque no completamente convencido.

"Caballeros", les dije, "he escuchado su propuesta con mucho interés, pero ahora, si no es inconveniente, quiero hacer una pregunta". "Sí, por supuesto Sr. Lake", añadió el señor Ruiz, "le contestamos con gusto cualquier pregunta que tenga". Necesitaba indagar un poco referente a la agenda del petróleo, pero tenía que cuidar de no revelar mi verdadero interés. Ellos averiguaban la seriedad de mi interés en su plan de desarrollo y mi interés era saber lo que ellos pensaban del mio. La diferencia era que ellos podían ser francos con su plan porque era muy popular y "políticamente correcto"... pero el mio era lo contrario.

"Su presentación parece indicar que el ecoturismo es claramente, muy apropiada manera de desarrollar la economía de esta región. Mi pregunta es la siguiente: sera la unica manera? ¿Habrá otra alternativa que pudiera ser más lucrativa? Las cifras que me presentan son buenas...para Chiapas, Mexico. Pero para el standard de Nueva York, sencillamente no impactan". Les hice una pregunta disfrazada con el fin de no despertar su sospecha. El señor Ruiz con gusto me contestó: "Sr. Lake...llevamos varios años estudiando este tema y considerando los diversos factores involucrados y hemos llegado a la conclusión de que el ecoturismo es sin duda la mejor manera para desarrollar esta región. Se debe de tomar en mente que los números que le proporcionamos abarca un plazo proyectado de solamente tres años. El ecoturismo a través del tiempo tiende a crecer y desarrollar una economía exponencialmente".

No era necesario escuchar más. Su respuesta fue tan enérgica y claridosa, que haber seguido con mi insistencia hubiera terminado con la negociación. "Me parece bien, señor Secretario", le dije, "le digo que voy hacer: regresar a Nueva York con toda esta información y mi equipo y yo lo estudiaremos detalladamente. Denos unas cuantas semanas y le daré una respuesta. ¿Le parece bien?". Me debían haber premiado con un "Oscar" por mi actuación porque no tenía ni el menor interés en esa tonta idea y ellos no lo sospechaban. Por supuesto, su idea era excelente. A lo contrario... mi idea era verdaderamente dudosa. Pero como señaló Eurípides, aquel renombrado escritor de tragedias de la época clásica de Atenas: *Habla con lógica a un tonto y te llamarán tonto*.

"Fue un placer conocerlo, Sr. Lake, y estaremos pendientes de su respuesta", declaró el Sr. Ruiz, hablando de parte del grupo. "Ojalá, podamos trabajar con usted en un futuro no muy lejano. ¡Gracias por venir a México a reunirse con nosotros!". "El gusto fue mio, caballeros. Y en cuanto a mi visita a San Cristóbal: ¡No me lo hubiera perdido por nada del mundo!". Nos saludamos de mano y nos dijimos "adios". ¡Y asi terminó una de las juntas menos productiva que jamás había asistido! La junta de mayor importancia para mi estaba programada para mí esa noche con mucha discrecion. Esa cena clandestina tarde por la noche, en el restaurante El Secreto, con el Secretario de energía, Ricardo Villanueva, era la junta más importante.

Sabía exactamente donde estaba ubicado el restaurante El Secreto, porque lo había visto por la mañana durante nuestro recorrido por el centro histórico de la ciudad y me lo grabé de memoria. Se ubicaba a unas cuantas cuadras del hotel a una distancia cómoda para trasladarse a pie. Disfrutando un refrescante jugo de papaya, reposando en el hermoso patio al aire libre del hotel, empecé a pensar de la junta que se aproximaba. Y debido a la firme postura del Secretario de Gobernacion por la cuestión del ecoturismo, ¿qué podria hacer el Secretario de energía para alterar un plan tan claro y abrir la puerta al desarrollo del petróleo en esa región? La respuesta de este interrogatorio era la principal razón para mi visita a San Cristóbal en primer lugar. Me supuse que había otra posibilidad para solucionar este dilema o el Secretario no me hubiera pedido esta entrevista. Mi curiosidad aumentaba. Mucho estaba en juego y todo dependía de la respuesta a esa pregunta.

Eran las 8:45pm y ya era tiempo de partir rumbo a restaurante *El Secreto*. Como se viste para una cita secreta nocturna? Decidí que lo que traía puesto estaba bien...camisa blanca de algodón, un saco sport color camello, y pantalón de mezclilla. Ah, y antes de que se me olvide, mi crucifijo nuevo, que estaba determinado a llevar conmigo a donde fuera. Sin saber exactamente cómo portar esa pieza tan grande, decidí colocar el crucifijo entre el cinto y el pantalón a unos cuantos centímetros a la derecha de la hebilla. Pienso que eso jamás se vería bien en Manhattan, Nueva York. Pero en San Cristóbal de las Casas, México... dudo que alguien lo note. A manera que me dirigía al lobby del hotel, me vino un pensamiento preocupante. ¿Que pasa si los otros oficiales del gobierno no se fueron de la ciudad y me topara con ellos en el lobby o en la calle? Me preparé mentalmente para esa posibilidad pero, como el destino lo propuso, no llegó a pasar.

Caminando por las antiguas y estrechas calles de adoquín, iluminadas por una luz tenue de antiguas farolas de gas, era imposible no imaginarme, dado a la historia política tumultuosa de México, que yo estaba involucrado en una revolución y que iba en camino a un encuentro secreto con el líder del movimiento revolucionario. El caminar y el aire fresco de la noche sirvieron para abrirme el apetito. Estaba anticipando un delicioso platillo mexicano de lo cual tenía fama El Secreto.

Con una sensación de intriga y misterio provocada por mi vívida imaginación que jugaba con la idea de una reunión secreta y de revolución, entré al restaurante. Me acerque al maitre-di y le dije exactamente lo que Memphis me había indicado... que dado a mi estado mental travieso, me pareció ser como una contraseña secreta. "Buenas noches. Mi nombre es... Benjamin Lake." "Buenas noches", contestó el capitán, "bienvenido, Sr. Lake... sígame por favor". ¡Me pareció fantastico...la "contraseña secreta" funciono! Todo este asunto me pareció muy divertido. Como sugirió sabiamente Horacio, aquel poeta Romano de antaño... *Hay que mezclar algo de humor con lo serio.*

El capitán me guió por el restaurante, que estaba a la mitad de su capacidad (y como lo había imaginado, lleno de espías de todo tipo) a una sección pequeña al fondo y a un lado del comedor principal. "Disfrute su cena, Sr. Lake", dijo el maitre-di, señalando mi silla. Se levantó un hombre que parecía tener unos 45 años y vestido de pantalón khaki, un saco azul marino, y una camisa oxford azul celeste, sin corbata y con cuello abierto: "Hola, Benjamin...soy Ricardo. ¡Es un placer conocerte!", el dijo – saludandome de mano, "¿No batallaste para encontrar el restaurante?", preguntó Ricardo. "Para nada, Ricardo", le dije. "Y la caminata del hotel a aquí estuvo muy placentera. ¡Me encanto!". "¡Me da mucho gusto saberlo!", contestó Ricardo, "Bueno... nos sentamos a explorar el menú; creo que vas a disfrutar este restaurante. ¡Es muy especial!".

Después de una poca de charla y unos aperitivos, nos enfocamos en el asunto...la agenda del petróleo. "¿Cómo estuvo tu reunión esta tarde con Marcos Ruiz? ¿Mostró algún interés en la cuestión de perforar?", preguntó Ricardo. "No. Absolutamente nada", le respondí. "Si, es lo que esperaba, Benjamin. La posición del gobierno en cuanto a este asunto es muy clara: nada de perforación en la 'Lacandona'. Como ves Benjamin, el problema no es el petróleo...el petróleo allí está. El problema realmente no es el gobierno...el gobierno es ameno a perforar. El problema son los indígenas y los ambientalistas". Ricardo bajo su voz a un susurro al decir estas últimas palabras porque se acercaba la mesera... una mujer indígena de media edad... con nuestras ensaladas.

Al alejarse de la mes la mesera, Ricardo continuó: "Sabes Benjamin... debemos de cuidar que nadie escuche nuestro diálogo. El tema que discutimos, como estoy seguro que entiendes, es muy delicado. Habiendo dicho esto, es muy improbable que nuestra mesera entienda inglés. En una ciudad turística como San Cristóbal generalmente una persona que habla inglés tiene mejor empleo que en un restaurante. Así es que continuamos nuestro dialogo en ingles, asi no hay problema". "Yes, of course Ricardo. (Sí, por supuesto Ricardo)", le contesté, "I agree...prudence in this matter is more than appropriate; English is fine with me. (De acuerdo... prudencia en este asunto es más que apropiada; Inglés me parece bien.)". Habiendo establecido las reglas para esta junta, Ricardo estaba listo para presentar su idea referente a la agenda del petróleo.

"El problema más serio, Benjamin, no son los ambientalistas... son los indígenas; ellos son el verdadero obstáculo. Están organizados y vigorosamente opuestos a la perforación. Pensar que esta gente primitiva, que ni siquiera son producto de una civilización occidental, tengan la capacidad de obstaculizar el progreso de una nación... no está bien", lamentó Ricardo. "¡Es inaudito!", le dije, "pero... ¿qué se puede hacer? Parece ser que ya se ha decidido a favor del ecoturismo". "Sí", respondió Ricardo, "la decisión se ha tomado. Pero hasta el momento... no se ha implementado. El gobierno necesita inversionistas. Es por eso que buscan reunirse contigo, Benjamin. Pero a pesar de que tu te niegues a invertir, el gobierno seguirá su plan".

"Bueno pues, Ricardo", le dije, "¿cuál es la solucion? ¿Hay manera de sacarle la vuelta a esta gente odiosa y obstinada que colectivamente se burlan del progreso y el desarrollo como si se merecerían un trato especial, que no se dan cuenta que son un pueblo conquistado desde la llegada de Cortéz a Veracruz? Ahora... nosotros mandamos. ¡No ellos! Como dice el dicho: *Al victorioso... el botín*".

"¡Exactamente, Benjamin!", añadió Ricardo, sonriendo. "¡No pude haberlo dicho mejor! Pero no olvidemos que son un pueblo muy audaz... y seriamente obstinado; esta característica... esta testarudez atrevida bien podría... en torno, resultar ser un talón de Aquiles".

"¿No estoy seguro que estoy entendiendo bien?", le contesté cautelosamente. "Esto es lo que quiero decir, Benjamin: por el momento, los indígenas gozan de algo de popularidad aqui en Mexico... y aun mas en los Estados Unidos y Europa. Pero, la opinión pública puede cambiar de la noche a la mañana si la gente pudiera ver como verdaderamente son los indígenas... no la versión glorificada tan ajena a la realidad. Es nuestra única esperanza, Benjamín, que en su audacia puedan cometer una imprudencia que cambie la opinión pública en contra de ellos. Si eso sucede, el gobierno tendrá que olvidarse del ecoturismo porque ningún turista tendrá interés en toparse con indígenas. Y con la opinión pública en su contra, será mucho más fácil para el gobierno seguir adelante con el único plan de desarrollo que queda... la agenda del petróleo".

"Muy bien, Ricardo...creo que entiendo a lo que te refieres; observemos y esperemos pacientemente. Como dijo Tucídides, un general griego e historiador: *La ignorancia es atrevida...y la sabiduría reservada*. ¿Que tan probable es, en tu opinión, Ricardo, que hagan algo lo suficientemente atrevido como para alterar el campo de juego como quien dice?". "A como van las cosas, Benjamin... creo que es muy probable... tomando en cuenta como su movimiento político avanza a pasos gigantes y ellos se vuelven más francos y vigorosos en su afán con cada dia que pasa. Yo me imaginó que dentro de un año van a pasarse de la raya de alguna manera." "¡Esperemos que así sea, Ricardo!", añadí, "el desarrollo de esa reserva virgen de petróleo sería una de esas oportunidades que se presentan sólo una vez en la vida, y eso es justo la especialidad del banco Praetergressus. ¡Esperemos que no nos falle! Hay que prepararnos para que cuando la oportunidad se presente, les llevemos un paso adelante a la competencia, y que estemos listos para actuar en caliente".

"¡No podria estar mas de acuerdo, Benjamin! Yo estoy *mas* que listo. ¡Estoy listo, montado... y armado! Y tú, Benjamin... ¿Estás listo?". "Para una oportunidad como esta, Ricardo... como dice el dicho: *¡Nací listo!*". "¡Fantástico!", exclamó Ricardo, "entonces, Benjamin, podemos decir que nuestra reunión fue exitosa y productiva. Y en honor de esto... ¿me concedes el privilegio de pagar la cuenta del restaurante?". "¡De ninguna manera, Ricardo!", le declaré, "fue un placer". "Gracias, Benjamin, eres muy amable. Yo voy a regresar a la ciudad de México en la mañana a primera hora. Mencionaste, Benjamin, que tu piensas salir el viernes... ¿iras a hacer otro recorrido mañana?", preguntó Ricardo. "No... mañana es dia libre", le contesté, "pero estoy planeando hacer una caminata a la catedral para verla en privado. Aparte de eso, pues veremos que mas se me ocurre". "¡Excelente!", exclamó Ricardo.

Capítulo 5

El siguiente dia por la mañana, después de un delicioso desayuno de huevos revueltos con chorizo, frijoles refritos, y tortillas de harina, me diriji a la catedral esperando tener otra sesión de "oración elevada"...o lo que haya sido que me puso en ese estado algo semi comatoso. Llegando al zócalo en frente de la catedral, pude ver a los niños del orfanatorio. Ya habían llegado y habían tomado sus lugares estratégicos como lo habían hecho el día anterior.

"¡Señor, señor!", gritaba uno de los niños corriendo para saludarme, "se acuerda de mi? Yo soy el que le viendi a usted el crucifijo ayer. Mi nombre es Antonio. Padre Bill, el sacerdote Franciscano encargado del asilo de huérfanos, me dijo que le dijera que estaba muy agradecido por su donativo tan generoso y que ofreció la Santa Misa por usted esta mañana! También me pidió que le dijera que cuando venga a San Cristóbal aquí tiene su casa...el orfanato es su casa!"

"Si...me acuerdo de ti, Antonio", le conteste, "y por favor comunica al Padre Bill que le agradezco la Misa y su amable hospitalidad." "Se lo diré, señor", dijo Antonio. "Pero antes de que entre a la catedral a rezar, ¿me permite preguntarle su nombre?" "Mi nombre es Benjamin", le conteste. "Muchas gracias, Sr Benjamín...ahora que lo conocemos de nombre, podemos orar por usted. Padre Bill

35

nos dice que nosotros los huérfanos debemos de permanecer unidos y ayudarnos mutuamente!"

Al entrar a la catedral, inmediatamente empecé a tener una sensación de una paz profunda y penetrante como la que había sentido el día anterior. Pero esta vez sentí como que esta tranquilidad inexplicable me dirigía hacia algo más. Empecé a caminar lentamente por el pasillo central y empecé a sentirme liviano, casi como si estuviera flotando a un centímetro sobre el piso. Había poca luz en la catedral y abundaba una fragancia de flores frescas e incienso exótico. Había velas encendidas parpadeando aquí y allá, y se encontraban dispersas en las bancas como cinco o seis ancianas indígenas orando. Algunas rezaban el rosario en silencio mientras que otras parecían estar en ese mismo estado de "oración elevada" que yo había sentido el día anterior.

Pase un número de bancas que parecían estar perfectas para que yo me sentara, pero por alguna extraña razón, no lo hice; nomas segui caminando hacia adelante sin realmente saber a dónde me dirigía o qué era lo que buscaba. A manera que "flotaba" por la oscura y cavernosa catedral, oscurecida por el humo de una galaxia de velas encendidas, de repente me encontré cara a cara con una masiva puerta de madera, parecía ser la puerta lateral hacia el patio. Que raro...había venido a visitar la catedral, pero ahora sin saber por que, iba de salida.

Empuje la puerta y se abrió a un patio de la catedral. Sentí como que algo me llamaba a salir de las sombras misteriosas de la catedral hacia la luz radiante del día y por un instante, la imagen de Lázaro saliendo de la tumba se me vino a la mente. Al voltear mi vista a la izquierda vi un rótulo que decía...Templo de San Nicolás. Percebi inmediatamente e intuitivamente... que algo o alguien me estaba guiando para que yo entrara a esa "capillita"...al fondo de la catedral.

Al entrar a la Capilla de San Nicolás, una sensación muy agradable y relajante descendió sobre mí, como si finalmente hubiera llegado al destino que algo me estaba guiando. Comparada a la catedral, el interior de la capilla era agradablemente sencillo. Tanto que, de inmediato me enamoré de la iglesia! Claramente esto había sido una adición de bajo presupuesto a la catedral que en su tiempo seguramente tuvo algún propósito. La verdad era que esta sencilla y pequeña iglesia, para mi, era como un anillo al dedo; era el tipo de iglesia que tenía el poder de tocar mi corazón destrozado.

Todo lo de la iglesia era muy austero; o en otras palabras... "¡nada de lujos!". De inmediato me percaté, no sorprendentemente, que yo era la única persona en la iglesia. Dado al extraordinario número de iglesias en San Cristóbal, ¿que turista usaría algo de su tiempo tan limitado para visitar una humilde iglesia como la de San Nicolás? Yo tampoco la hubiera visitado si no hubiera sido porque sentí que una fuerza bondadosa y desconocida me estaba impulsando hacia ese lugar.

Al avanzar de la parte trasera de la iglesia rumbo al santuario enfrente, decidí tomar asiento en una de las bancas. Las bancas eran tan rústicas que hasta parecía que habían sido construidas en algún traspatio. Siendo este el caso, ¿porque me parecía tan atractiva esta sencilla capillita? ¿Porque estaba yo aquí? ¿Qué o quién me llevaba a ese sitio? Me acomodé en la banca, y mientras me empecé a relajar, escuché más claramente el notable y hermoso cantar de pájaros que ocurría afuera de la iglesia. Hacía mucho tiempo que no había estado lo suficiente tranquilo como para tomar nota de algo tan simple como el sonido de los pájaros cantando.

Deleitado por esa música cuyo autor me era invisible, me llego al corazón a tal grado que sentí la necesidad de arrodillarme... y así fue, hincado, dirigiendo la vista hacía el santuario y el humilde retablo a su fondo, que empecé a sentir que no estaba solo...que alguien estaba presente allí conmigo; no físicamente...pero espiritualmente. Fue un momento fugaz...pero quedó grabado en mi alma. Impactado por la belleza del momento precioso, cerré mis ojos y me postré silenciosamente en oración y agradecimiento.

Al abrir los ojos mire a la banca a mi frente y me sorprendí de ver un libro, al parecer antiguo, abandonado allí. Pensé que quizás alguien lo había olvidado y que lo correcto sería dejarlo allí y no tocarlo. Posiblemente era algo personal...algún diario o algo semejante. Buscando a la izquierda y a la derecha de mi banca y la de enfrente, no encontré ningún otro libro. Me hizo pensar que de alguna forma ese libro se había puesto allí para mi; sin ninguna otra consideración, simplemente lo tomé, lo abrí y lo empecé a leer.

"LATIN! No lo puedo creer!", me dije a mi mismo. "Este libro está escrito en Latín clásico! Sin duda, estaba destinado para mi!". Abrí el libro y observé cuidadosamente la página enfrente de mi. La primera oración que vieron mis ojos fue esta: *Fecisti nos ad te, Domine et inquietum est cor nostrum donec requiescat in te* (Nos has creado para ti Señor y nuestros corazones permanecen inquietos hasta que descansen en ti).

Reposando en la banca, maravillado por lo acontecido, me puse a meditar el significado de las palabras en Latín que acababa de leer de un libro que salió de quien sabe donde... en una iglesia que ni siquiera andaba buscando.

Seguí sentado por lo menos quince minutos contemplando esas palabras y permitiendo que su mensaje se hundiera en lo más profundo de mi corazón. Finalmente, se me ocurrió que ni siquiera conocía al autor ni el título de ese misterioso libro que me hablaba al corazón de una manera tan poderosa.

La portada era muy antigua y desgastada y apenas se alcanzaba a distinguir su título. CONFESIONES, era el título en Latín visible en su portada. "¿Serán estas las Confesiones de San Agustín?", pensé. Abrí sus páginas y mi sospecha fue muy acertada; asombrosamente...tenía en mis manos una de las pocas copias antiguas de Las Confesiones de San Agustín en su idioma original, el Latín.

Mi programa de estudios clásicos en Harvard se puede decir que casi ignoraba a San Agustín. Lo consideraban relativamente aburrido y sin importancia comparado a tipos como Virgilio, Ovidio, Horacio, Cicerón, Terencio, Séneca y Marco Aurelio. Por lo tanto, nunca le puse mucha atención. Por supuesto, yo sabía que escribía en Latín...pero no sabía que su Latín era tan hermoso y refinado como lo que estaba leyendo. Yo sabía que había escrito un libro llamado Confesiones...pero la verdad, ni idea de que se trataba. Me imagine que era un tratado aburrido acerca del Sacramento de Reconciliación.

No tengo idea de cuánto tiempo estuve sentado allí, pero en determinado momento decidí regresar al hotel. Tomé mi tesoro recién encontrado, LAS CONFESIONES DE SAN AGUSTÍN, y salí lentamente de esa pequeña capilla que no pronto olvidaría. Al abrir la puerta para salir de la capilla mire hacia atrás, de cierta manera (basado en el júbilo que sentía radiar dentro de mi) esperando ver ángeles volando en su interior. Pero la capilla estaba tan serena y pacífica como cuando primero entre.

Caminando por la plaza al lado de la catedral rumbo al zócalo, sentí una nueva vitalidad en mi paso al caminar. Notaba el aire más fragante, la luz del sol más agradable y el cantar de los pájaros y voces de los niños más encantador. Di un saludo a los niños de Casa Bartolome al pasar cerca de ellos y su pequeña tienda móvil hechiza...una escena justo de un episodio de "Los Bribones", y cruce el zócalo rumbo al hotel.

Al llegar a la calle 16 de septiembre, la calle que me llevaría de regreso al hotel, noté un auto Mercedes color negro que se acercaba lentamente a la orilla de la cera; como si se fuera a estacionarse. Me detuve un momento para observar, y el auto se detuvo justo enfrente de mi. De momento sentí que se acercaban dos hombres rápidamente, uno a mi izquierda y otro a mi espalda. Pensé que llevaban prisa para llegar a un lado, y me quedé sin moverme para permitirles pasar. Pero no me pasaron; se acercaron y se posicionaron junto a mi.

El que venía de mi izquierda se detuvo directamente en frente de mí mientras que el otro se posicionó a mi espalda a una distancia de un metro y con sus brazos cruzados como si fuera el responsable de prevenir mi escape por si acaso lo intentara. Los dos hombres tenían una apariencia ruda, vestidos de playera negra, pantalones de mezclilla, botas vaqueras negras, saco sport negro y lentes oscuros. Sentí de inmediato que estos hombres, junto con su Mercedes, eran una amenaza y que yo definitivamente estaba en peligro.

"Señor Lake...somos de la Policía Federal Mexicana. Su vida está en peligro y debe acompañarnos. Por favor súbase al auto", dijo el hombre directamente frente a mí al abrir la puerta trasera del auto. "Ah...son Federales?", les pregunté, "necesito ver su identificación." "¡Súbase al auto YA! Es una emergencia...le mostraré mi identificación dentro del auto". me contestó el extraño excitadamente. "No voy a ningún lado hasta que muestre su identificación", le declaré.

En ese instante, el sujeto abrió su saco revelando la presencia de un arma de fuego: "¡Súbase al auto!", me dijo. Con esas palabras el hombre que estaba a mi espalda me tomó por los hombros. Tan pronto sentí el peso de sus manos sobre mis hombros giré a mi izquierda y me lancé corriendo hacia la catedral como atleta olímpico. El rufián, cuyo propósito era prevenir mi escape, se lanzó para detenerme y logró poner su mano derecha en mi cintura pero lo único que logró agarrar fue mi crucifijo nuevo de madera...que había yo colocado entre el cinto y el pantalón. Lo vio por un momento y en medio de un torrente de improperios lo lanzó violentamente al piso. "Me salvó mi arma... ¡el crucifijo!", es lo único que pude pensar mientras corría a toda velocidad rumbo a la catedral.

"Vamos, vamos...agarrenlo! ¡Que no se escape! RÁPIDO!", gritó el hombre misterioso al volante del Mercedes. El zócalo estaba lleno de turistas que presentaban un campo de obstáculos formidable ayudándome a lograr alejarme un poco de quienes me seguían. No estoy seguro porque decidí dirigirme a la catedral, pero me supongo que instinto, que alli encontraría seguridad y protección

Mientras corría para salvar mi vida, y con la adrenalina hasta el borde, otra cosa sucedía en el zócalo. Sin que yo me diera cuenta, los niños de Casa Bartolomé habían sido testigos de todo lo ocurrido e inmediatamente entraron en acción. "Rodrigo, ve y recoge el crucifijo de Benjamin", ordenó Antonio...asumiendo el puesto de líder de los huérfanos. "Carlitos...ve y toma nota de la placa del Mercedes negro. ¡Ten cuidado...que nadie te vea!".

"Los demás vengan conmigo. Tenemos que rescatar a Benjamín, nuestro hermano huérfano, de estos hombres, sean quien sean". Antonio tenía 16 años de edad, y era el mejor comandante de esta "Operación de Rescate de Huérfano" que pudiera haber: "Miguelito", dijo Antonio, "quiero que tu y los chavos empujen la carreta hacia la puerta al lado de la catedral. Yo me voy adelantar y voy a entrar a la catedral. Si encuentro a Benjamín, lo voy a dirigir hacia esa puerta donde ustedes van a estar esperando. Luego lo esconderemos en la carreta y regresamos al orfanato donde estará a salvo". "De acuerdo, Antonio", respondió Miguelito, "allí estaremos esperándote a ti y a Benjamin. Vaya con Dios!"

Capítulo 6

Antonio entró a la catedral lenta y silenciosamente, al parecer casi sin abrir la puerta. Ya era mediodía y la catedral estaba llena de turistas. Dio un paso adelante permitiendo que su vista abarca al interior de la catedral en su totalidad. Divisó a los dos malandrines cerca de la entrada principal justo haciendo lo mismo que el... pero no vio a Benjamín. Estaba a punto de darse por vencido cuando un grupo de turistas lo obligó a dar paso. ¡Allí dentro del grupo iba Benjamin! Estaba usando el grupo como protección e iba mirando hacia la entrada para estar al tanto de los secuestradores.

"¡Pssst pssst, Benjamin...aca!", susurró Antonio. "¡Antonio! Disculpame – no puedo hablar ahorita – necesito esconderme. Me vienen siguiendo dos secuestradores", le contesté en una baja y aterrorizada voz, mientras me agachaba junto a la pared. "Lo sé", respondió Antonio, "por eso estoy aquí. ¡Lo vamos a rescatar! Somos como sus Marinos Americanos; ¡Nunca abandonaremos a un hermano huérfano! Salimos por esta puerta, sígame. Los muchachos nos esperan afuera con la careta. Lo esconderemos en la carreta y lo llevaremos de regreso al orfanato con nosotros". Antonio vio a su alrededor para asegurarse que los secuestradores no lo vieran, y luego arrimó su dedo índice a sus labios: "¡Shhh! quédese conmigo...vámonos".

Antonio abrió la puerta estrechamente permitiendo nuestro escape. Allí sobre el pavimento enfrente de nosotros estaban los niños y "el coche de escape". Dos de los niños ya estaban en posición sosteniendo abierta la pesada cortina de lona que cubría el área de almacenaje de la carreta. Me coloqué dentro del espacio e inmediatamente cerraron y aseguraron las cortinas. "¡Ya... Vamonos!", dirigió Antonio. Ni siquiera me alcanzó tiempo para acomodarme bien, cuando ya íbamos rodando por los callejones de San Cristóbal rumbo a Casa Bartolomé.

"¿Benjamin...vas bien allí?", preguntó Antonio. "Si...estoy bien Antonio", le respondí, "esto no es un vehículo de lujo. ¡Pero está lejos mejor que ese Mercedes Negro!". "Nada mas aguanta un poco mas Benjamin", dijo Antonio, "ya falta poco...unos quince minutos más o menos. Le recomendé a los niños no hablar con nadie en el camino hasta llegará al orfanato para no demorarnos".

Cuando estábamos a una cuadra de la casa, Rodrigo, el pequeño de diez años, hizo un comentario chistoso: "¿Oiga, Sr. Benjamín?". "Si, Rodrigo... ¿que pasa?", le dije. "Sr. Benjamín, se escapó de los secuestradores, pero ahora está en las manos de los huérfanos. Acaso eso... ¿no nos hace secuestradores?", preguntó Rodrigo, " Y si no somos secuestradores, entonces... ¿que somos?". "¡Son ángeles, Rodrigo! Sip, eso es lo que son... ¡ángeles!".

La Casa Bartolomé estaba ubicada en un terreno de una hectárea al fondo de un callejón sin salida y rodeada de una barda de concreto de dos metros de altura donde se encontraban tres edificios conectados por dos pasillos cubiertos. Las tres estructuras estaban alineadas una a otra al centro de la propiedad. En el edificio del centro se encontraban todos los cuartos comunitarios como la capilla, el comedor, la cocina, las oficinas, la sala, los salones de clase y el cuarto de recreo.

El edificio a la derecha era el dormitorio de los huérfanos y el de la izquierda era el monasterio de los Frailes Franciscanos. Los niños rodaron el carretón por el callejón hasta llegar a la entrada principal del edificio del centro y justo antes de llegar a la enorme puerta metálica. "Hemos llegado, Benjamin", susurró Antonio, "pero no salgas todavía. Espera hasta que se abra el portón y estemos adentro. Luego, espera a que cerremos el portón, y después de cerrarlo puedes salir con confianza". "De acuerdo, Antonio", le dije, "pero avisame tan pronto se cierre el portón porque si permanezco aquí un minuto más... ¡tendre que visitar al quiropráctico dos veces por semana por el resto de mi vida!".

"Ya puedes salir, Benjamin", anunció Antonio. Abrí la cortina de lona y, por poco... ¡me da un infarto! Me encontré cara a cara con el enorme hocico blanco de un perro de Montaña Pirenaico de unos 70 kilos. Empezó a lamerme la cara mientras que los niños se doblaban de risa: "Agarrate de el Benjamín", dijo Rodrigo, "es muy listo. El te ayudará a salir de la carreta; ¡es una de sus gracias!" Lo tomé por el harness y dicho y hecho, me estiro hasta salir de la carreta y luego los niños me ayudaron a pararme.

"¡Muy bien, Montecito!", dijo Antonio, "ahora, que ya conociste a Montecito, nuestro jefe de seguridad, es tiempo que conozcas al Padre Bill...el director de Casa Bartolomé". Antonio le dijo a los muchachos que me llevaran a conocer al Padre Bill, y que ellos siguieran con sus actividades. "Chicos... a nadie le mencionen lo de

Benjamin", ordenó Antonio, "si los secuestradores se dan cuenta que él está aquí...todos estaremos en peligro". "¿Benjamin? ¿Quien es ese?", dijo Miguelito. "¡Perfecto, Miguelito!", contestó Antonio, "ven chicos... nada raro ocurrió hoy; fue un dia como cualquiera".

Antonio me llevó al monasterio y me pidió que lo esperará en el recibidor mientras que fue a buscar al Padre Bill. "¡Hola!... ¿Que tal? así que usted es Benjamín", dijo el Padre Bill al entrar al recibidor. "Benjamin Lake, Padre... ¡es un placer conocerlo!". El Padre Bill era un hombre de físico pesado, pelon, de unos setenta años con cara alegre y placentera. Vestía de una tradicional sotana café, Franciscana, con una cuerda blanca amarrada a la cintura. Era difícil imaginarse a una persona más amable. Me hizo sentir como si fuera un viejo amigo y me sentí muy tranquilo en su presencia.

"Gracias por todo lo que hicieron hoy, Antonio", dijo Padre Bill, "¡estoy muy orgulloso de ustedes! Porque no te vas a acompañar a los otros niños mientras que Benjamín y yo charlamos un rato. Pasaré a verlos en un rato más". "Si, Padre... hasta la vista", contestó Antonio, al salir por la puerta. "Oh... ¿Antonio?", añadió Benjamin, "¡Gracias, salvaste mi vida!". "Dios protege a los huérfanos, Sr. Benjamín", contestó Antonio, "¡es lo que nos dice la Biblia!"

"Benjamin", empezó Padre Bill, "Antonio me contó del intento a secuestrar hoy. Aparte del hecho de haber recibido una generosa donación ayer, la verdad, no se nada de usted. ¿Porque buscan secuestrar a usted?". "Bueno, Padre Bill", contestó Benjamín, "puede ser que tenga algo que ver con el hecho de que soy dueño de el banco privado más grande de Estados Unidos". "¡Ah, sí por supuesto!", dijo el Padre Bill, "entonces, usted es el tal

Benjamin Lake. Siento mucho lo de sus padres...leí sobre su trágico avionazo. Ahora entiendo porque los niños se refieren a usted como su hermano huérfano".

Mientras que hablaba el Padre Bill, entró una mujer que reconocí como la mesera del restaurante de la noche anterior: "Buenas tardes, Esperanza", dijo Padre Bill, al ponernos los dos de pie, "Señor Lake...ella es Esperanza Santos. Esperanza es maestra de inglés que voluntariamente viene a darle clases a nuestros niños". Con esas palabras, pensé que se me iba la respiración. La expresión de su cara y su lenguaje corporal me hizo claro que había escuchado y entendido mucho de lo que Ricardo y yo discutimos en El Secreto. Extendí mi mano, pero se rehusó a darme la suya. Es más, dio un paso hacia atrás como si estuviera yo contaminado con una enfermedad mortal y ella no quería acercarse demasiado.

"Padre Bill", dijo Esperanza, en un tono molesto y agitado, "¿sabe usted quién es este hombre? ¡Es un enemigo de mi pueblo! Anoche estuvo en el restaurante con otro hombre llamado Ricardo y estaban tramando cómo iban a socavar a la gente obstinada, primitiva, ignorante, traviesa; ¿se me olvido algo, Sr. Lake? ¡Ah, si... indígenas CONQUISTADAS!... para que los Americanos puedan venir a perforar y sacar el petróleo de la reserva de Montes Azules. ¿Qué hace aquí en su casa? ¡Espero que haya venido a confesarse!".

"La verdad, Esperanza", contestó Padre Bill, "él está aquí porque alguien lo intentó secuestrar hoy en frente de catedral pero los huérfanos lo rescataron y se lo trajeron a casa". "¡Regresenlo a los secuestradores!", grito Esperanza, "Se merece que lo secuestren. Probablemente fue la voluntad de Dios, que lo secuestraran. ¡Los niños no deberían haber intervenido!".

"¿Benjamin?", preguntó el Padre Bill, "lo que Esperanza acaba de contar – lo del restaurante y la junta – ¿es cierto?" "Sí, Padre Bill, cada palabra de lo dicho... me averguenzó en decirlo". "¡El no tiene vergüenza!", declaró Esperanza, "¡No le crea! El es un típico empresario rico Americano...un sinvergüenza lleno de una avaricia insaciable y muy temeroso. ¿Y pensar que mi hija tenia una opinion muy alta de el? No mas es un avaro, también es un falso y un engañador que le importa poco a quien lastima mientras que pueda ganar mucho dinero".

Exhausta después de ese intenso arranque emotional, Esperanza salió rápidamente por la puerta de enfrente, dejando atrás a un billonario mortificado y a un fraile sumamente perplejo parados en el centro del recibidor viéndose un a otro. "Padre Bill", pregunté, "¿quien es la hija de Esperanza?". "La hija de Esperanza es una bella señorita que se llama Rosario y trabaja de guía de turistas y es maestra de historia para nuestros huérfanos. ¿Posiblemente la conoció en el hotel?". "Si", me salio como si otro bombazo me acababa de caer, "creo que si, la conocí en el hotel...el Hotel Bo; fue nuestra guia el miércoles". "Si, Benjamin", dijo Padre Bill, "fue ella". "Parece ser una persona muy especial", le dije. "¡De verdad lo es!", respondió Padre Bill con convicción, "Ella y su madre son laicas Dominicanas y verdaderas discípulas misioneras, Benjamin... ¡creemelo! Por la historia que tiene San Cristóbal, se encuentran muchas Dominicanas aqui. Rosario estará en el edificio central esta noche a las 6:30pm para dar una clase de historia a los niños. Y, si no me equivoco, esta noche hablará sobre la historia del santo Obispo Dominico...Bartolomé de las Casas".

"Benjamin", dijo Padre Bill, "tenemos mucho de qué platicar. Pero primero...debes de tomarte una siesta; te ves muy cansado... has tenido un dia de mucho trauma". "Tiene razón, Padre. Estoy tan agotado que apenas puedo pensar. Necesito descansar. Y como dijo aquel poeta Romano, Virgilio: *Mejores tiempos aguardan a los que ahora están miserables*". "¡Ah...Virgilio! autor de la 'Eneida'. ¿Usted sabe Latín, Benjamin?", preguntó Padre Bill. "Sí, Padre – tengo un doctorado en Estudios Clásicos de Harvard". "¡Maravilloso Benjamin! ¡Eso es fantástico!", exclamó Padre Bill. "Ahora, recuerda Benjamin...eres bienvenido. Esta es tu casa en San Cristóbal. Porque no nos vemos aquí a las cuatro y media para continuar nuestra plática. Acompáñame y te llevaré a tu dormitorio".

Capítulo 7

"Buenas tardes", dijo Padre Bill, "¿como estuvo la siesta?". "Quisiera poder decirle que estuvo magnífica", le contesté, "pero no fue así. Aun me encuentro molesto por esa pesadilla del encuentro con los secuestradores hoy". "Sí, por supuesto. ¿Te gustaría hablar de eso?", ofreció Padre Bill. "Hay tantas cosas que me gustaría discutir con usted", le dije, "me supongo que el intento de secuestro es tan buen tema como cualquiera para empezar. Lo que más me molesta es que en parte fue mi culpa. Después de perder a mis padres, quise encontrar consuelo en lo mundano. Me lancé de lleno a un estilo de vida totalmente degenerado, con la esperanza de ahogar mi dolor espiritual hundiéndome en un mundo de placer. Y como mi vida se había vuelto tan perversa y disoluta, despedí a mi equipo de seguridad por vergüenza de que fueran testigos del descenso moral que yo sufría. Si mis guardaespaldas me hubieran acompañado hoy, los secuestradores jamás se hubieran acercado".

"Probablemente tienes razón, Benjamin", dijo Padre Bill, "pero pensándolo bien...este dia tuviste la mejor seguridad que puede haber; ¡Dios mismo estaba cuidando de ti! Aquí estás frente a mi, sacudido...pero ni un solo pelo de tu cabeza se lastimó. Yo ofrecí misa por ti esta mañana...y los niños han estado orando por ti desde ayer que te conocieron. El Señor va por delante Benjamin. El estuvo contigo este dia. Ahora dime, Benjamin, tengo curiosidad; ¿qué hacías en la catedral esta mañana?".

"Me da gusto que me lo pregunté Padre Bill", le dije, "porque eso es de lo que realmente necesito hablar con usted. Ayer, antes de que me intentaron secuestrar, tuve una experiencia espiritual muy misteriosa". "Bien, Benjamin", dijo Padre Bill, "estoy escuchando...cuéntame todo". Yo continué: "Entre a la catedral para una breve visita pero al parecer, sentía que algo me guiaba a otro sitio. Mi intención era sentarme en una de las bancas pero en su lugar me encontré afuera caminando rumbo a una capilla al fondo de la catedral." "¿San Nicolás?", preguntó Padre Bill. "Si...precisamente. Entre a la capilla e inmediatamente tuve una sensación de paz y tranquilidad...como si hubiese llegado a mi destino".

"¿Y luego?", preguntó Padre Bill. "Escogí una banca y me senté. Estaba sentado alii muy tranquilamente cuando empecé a escuchar el más glorioso cantar de pájaros que jamas he oido. Me conmovió tan profundamente que me motivó a ponerme de rodillas. Me quedé incado allí un buen rato fijando la mirada en el santuario. De repente sentí que no estaba solo...que alguien me acompañaba espiritualmente. Cerré mis ojos y agache la cabeza en agradecimiento humilde. Cuando abrí mis ojos, encontré en la banca de enfrente de mí este libro que le estoy mostrando. Lo tomé y descubrí que era Las Confesiones de San Agustín...en Latín! Ahora, Padre... ¿que probabilidad hay que todas estas cosas sucedieran por 'casualidad'?".

"¡Ninguna, Benjamin! Y luego... ¿qué sucedió?", preguntó Padre Bill. "Cuando abrí el libro, lo primero que leí fue esto: *Nos has creado para ti Señor, y nuestros corazones jamás podrán descansar hasta que no descansen en ti.* Permanecí sentado allí meditando sobre estas palabras que penetraron tan profundamente en mi corazón, mente, y alma que no encuentro como explicarle, Padre Bill. Luego, salí de la capilla, atravesé el zócalo, y me topé con los secuestradores".

"¡Que bendicion, Benjamin...pura gracia! ¡No los secuestradores! Me refiero al descubrimiento del libro", exclamó Padre Bill, "Benjamin, dime... ¿alguna vez has leído Las Confesiones de San Agustín?" "No, Padre Bill", le contesté. "¿Conoces algo de San Agustín... digo, algo referente a su vida?", preguntó Padre Bill. "No", le contesté.

"Benjamin...tú y Agustín tienen mucho en común. Cuando Agustín era joven, tomó unas malas decisiones y cayó en un estilo de vida mundano y hedonista, muy similar a la vida desatada que escogiste cuando perdiste a tus padres. Un día mientras descansaba en un jardín, escucho el cantar de niños que lo motivó a abrir una biblia que por casualidad se encontraba allí cerca. Lo primero que leyó lo convenció que tenía que cambiar su vida. El libro que encontraste en la capilla es una autobiografía de la vida y la conversión de San Agustín". "Sabe padre", agregué, "al principio, no iba a tocar el libro pensando que posiblemente era el diario personal de alguien. Al parecer, basado en lo que usted me ha estado diciendo, parece ser que mi intención fue correcta".

"Si, Benjamin", dijo Padre Bill, "pero algo...o alguien...te motivó a levantarlo. Benjamin...yo pienso que fue alguien; ¡pienso que fue el mismo San Agustín! Nada mas fijate en las similitudes: él estaba en un jardín... tú estabas en una capilla; el oyo niños cantar... tu oiste pájaros cantar; el levanto una biblia...tu levantaste sus confesiones; el abrió el libro y sus ojos se fijaron sobre una oración que tocó su corazón profundamente; tu abriste el libro y tus ojos se fijaron sobre una oración que tocó tu corazón profundamente. Hay algo más, Benjamín, de lo cual probablemente todavía no te has enterado. Después de que Agustín tuvo esta hermosa experiencia transformadora, el espíritu lo guió hacia un sacerdote católico...San Ambrosio. Pienso que el mismo espíritu te trajo aquí hoy, para que pudieras compartir este maravilloso testimonio conmigo".

"Padre Bill... ¡esto es verdaderamente asombroso!", exclamé ,"¿Y cree que voy a poder dormir? Después de escuchar lo que acaba de compartir conmigo... ¡creo que jamas volveré a dormir!".

"Todo me parece sumamente misterioso, Benjamin", dijo Padre Bill, "al parecer San Agustín esta cuidandote, y hoy se acerco a ti. A propósito, Benjamin, la capilla donde sucedió todo esto el dia de hoy..." "¿San Nicolás?", pregunté. "Sí", contestó Padre Bill, "¿Sabes quién la construyó?". "No", le contesté. "¡Monjes *Agustinos*!", contestó Padre Bill, con una sonrisota, "¿Y sabes porqué se construyó, Benjamin?". "No, Padre Bill", le contesté. "Fue construida para el uso específico de los indígenas. Por eso es tan hermosamente sencilla", relató Padre Bill.

"Ahora, Benjamin, hay unos asuntos importantes que debemos atender. Podemos regresar a nuestra platica sobre lo espiritual más tarde. Estoy consciente de que estas cosas son difíciles de enfrentar, pero pienso que estarías de acuerdo que no puedes regresar al hotel porque probablemente los secuestradores te esperan allí. Así es que mientras investigamos la identidad de estos criminales, será mejor para ti que permanezcas aquí el el orfanato. Además no sería recomendable contactar al las autoridades de momento, porque aqui en Mexico, la policia frequentemente esta involucrada en los secuestros. Tomando en cuenta que el intento de secuestro sucedió a plena luz del dia, enfrente de la catedral, a una hora cuando el zócalo está lleno de turistas...tengo una fuerte sospecha de que la policía y posiblemente el gobierno mismo está involucrado; es por eso que quiero sugerir que no hagas ninguna llamada a lo Estados Unidos...puede ser interceptada. Inclusive, hay una remota posibilidad que alguien en tu oficina se encuentre en la nómina de los secuestradores".

"Pero si ese es el caso, Padre Bill", le dije, "¿no sería posible que mi presencia aquí ponga en peligro a usted y los chicos?". "Sí", contestó Padre Bill, "pero hay una solución; se llama... disfraz; o aun mejor... ¡una nueva identidad! Por las siguientes semanas tu vas a ser el hermano Mateo. Aqui esta tu hábito Franciscano...a ver, pontela y úsala constantemente. Además...va ser necesario que te rasures la cabeza y te dejes crecer la barba. Ya me reuní con los chamacos para explicarles que ahora eres un Franciscano y tu nombre es hermano Mateo. Afortunadamente, este es un orfanatorio pequeño Benjamín. Aquí solamente viven doce niños entre 10 y 16 años...todos ellos son Maya Lacandona. Así que no será difícil guardar tu secreto. Le llamé a Esperanza para pedirle que no mencione tu presencia aqui a nadie. Ella me dijo que ya había realizado el peligro para todos aquí si descubrieran tu presencia entre nosotros. Además...también le comunicó este asunto a su hija Rosario. Así es que, tranquilo hermano Mateo; Dios te está cuidando... ¡El tiene un plan para ti!".

"¡Wow!", me dije a mi mismo, "y pensaba que las cosas se movian rapido en Nueva York; ¡pero San Cristóbal se voló la barda! En un espacio de seis horas, pasé de ser un billonario sinvergüenza y materialista... ¡a ser un pobre fraile Franciscano llamado hermano Mateo!", Estábamos a punto de concluir nuestra conversación cuando escuchamos alguien tocar la puerta suavemente: "¡Adelante Rodrigo!", gritó Padre Bill, "Conozco bien como él toca la puerta", susurró Padre Bill. Entró Rodrigo acompañado de Antonio: "Hermano Mateo", empezó Antonio, "después de que los secuestradores tiraron su crucifijo, Rodrigo corrió y lo levantó. Cuando supimos que usted iba a vestir de hábito Franciscano, Rodrigo sugirió que le arreglaremos el crucifijo para obsequiarselo. Rodrigo...ya le puedes dar el crucifijo al hermano Mateo".

Rodrigo se acercó a entregarme el crucifijo que había traído oculto detrás de su espalda. Los chicos le habían hecho un pequeño agujero arriba permitiendo agregar una cuerda de piel para colgarlo del cuello. "Gracias, Rodrigo", le dije. E inmediatamente me coloqué el crucifijo al cuello para que él y Antonio pudieran ver cómo se veía en mi. "¿Como ven muchachos?", les pregunté. "¡Esta hermoso!", exclamaron.

"¡Que maravillosa sorpresa, muchachos!", dijo Padre Bill, "Bueno, ya casi es hora de que Rosario inicié su presentación sobre Bartolomé de las Casas. ¿Conoces su vida, hermano Mateo?", preguntó Padre Bill. "No, Padre Bill. He oído el nombre...pero no conozco nada de su persona." "Si te sientes con ganas", dijo Padre Bill, "creo que te gustaría escuchar algo sobre su vida". "¿Me alcanza el tiempo para rasurarme la cabeza primero?", pregunté. "Si, hermano Mateo...tienes más o menos quince minutos", contestó Padre Bill.

Me senté quietamente al fondo del salón escuchando a Rosario dar su clase a los chamacos sobre el santo obispo Dominicano de quien la ciudad de San Cristóbal de las

Casas había tomado su nombre. ¡Me sentí increíblemente impresionado al escuchar la historia de este hombre asombroso! Empezó como colonizador y como todos los colonizadores, tomó ventaja de los indígenas permitiéndole ganar importantes sumas de dinero con sus sembradíos. Pero el Señor le abrió los ojos y le tocó el corazón y se convirtió en el primer "Protector de los Indígenas" oficial. Sin embargo, eso no fue suficiente para el; el queria hacer más por los pobres. Empezó donando todas sus pertenencias, haciéndose un fraile Dominicano y vivió el resto de su vida trabajando incansablemente para mejorar las vidas de los indígenas de la mejor manera posible. El proceso de su beatificación se inició en el 2002.

Asombrosamente, no se me hizo sentir animosidad de parte de Rosario para conmigo, y me sorprendió mucho ver que traía puesto el crucifijo que yo le había dado. Si algo sentí de ella...fue lastima por mi. Quizás el hecho de que me encontraba sentado en un salon de ninos, vestido con sotana Franciscana, y con la cabeza rasurada, me hacía parecer como penitente... en "arpillera y cenizas." Cuando Rosario terminó su presentación, despidió a sus estudiantes y se acercó a mi: "Buenas noches, hermano Mateo... ¿le gusto la presentacion?". "¡Oh, sí!", le respondí, "¡Estuvo fantástica!". "¿Qué piensa usted sobre de las Casas?", preguntó ella. "Fue un hombre maravilloso, Rosario", le contesté, "me conmovió saber de su hermosa vida".

"Me da gusto saberlo, hermano Mateo", dijo Rosario, "hermano, de casualidad... ¿vio el noticiero esta noche?". "No, Rosario, no lo vi". "Venga conmigo hermano", señaló Rosario en un tono excitado, "tenemos que hablar con el Padre Bill, inmediatamente".

Rosario toco la puerta del Padre Bill. "Soy Rosario,

Padre Bill, necesito hablar con usted. ¡Es importante!". "OK, Rosario...te veo en el recibido", contestó Padre Bill. Cuando Padre Bill entró al recibidor, Rosario lo saludo y le dijo... "¿Padre Bill, logro ver las noticias de hoy?". "No, Rosario", respondió Padre Bill, "no tuve oportunidad. ¿Qué sucede?".

"El jefe de policía de San Cristóbal tuvo una conferencia de prensa y dijo que había encontrado una nota en la habitación del hotel donde se hospedaba Benjamin Lake, diciendo que él había sido secuestrado por indígenas y que pedían cien millónes de dólares a cambio de su libertad."

"Benjamin...digo, hermano Mateo", preguntó Padre Bill, "los hombres que te intentaron secuestrar... ¿te parecieron ser indígenas?". "No", le contesté. "Rosario... ¿piensas que sería posible que algún grupo de indígenas fuera capaz de efectuar un secuestro por dinero como lo que están reportando?", preguntó Padre Bill. "No, Padre Bill...ninguno que yo conozca". "Pero si no fue un grupo de indígenas, entonces... ¿quien fue?", le pregunté. "¡Buena pregunta!", contestó Padre Bill, "¿Y quien haya sido responsible, y porque buscan culpar a los indígenas?".

"¿Quizás los verdaderos secuestradores buscaban confundir a las autoridades?", sugerí. "Si, hermano Mateo... probablemente eso es exactamente lo que sucede aquí", observó Padre Bill. "¿Que piensas tu, Rosario?", preguntó Padre Bill. "Estoy de acuerdo, Padre Bill", respondió Rosario. "¿Pero no les parece raro a los dos", dijo Padre Bill, "que dejaron la nota en la habitación del hotel antes de haber capturado a la persona que habían marcado para secuestro?". "Si... en efecto fue muy raro", le dije, "los hace parecer como unos torpes novatos". "Al menos", observó Padre Bill, "como le dijo Polonio a

Hamlet: *Aunque parezca ser locura, aun hay algo de lógica en esto*. Debe de haber alguna razón por lo que, al parecer, es un error muy tonto".

"Rosario...hermano Mateo", empezó Padre Bill, "piensen sobre esto un minuto: en casi todos los secuestros por dinero, los secuestradores normalmente se comunican directamente con la familia de su víctima...y solo con la familia de su víctima... ¿no es así? Generalmente, escogen no publicarlo...como lo han hecho aquí". "Si", le dije, "y frecuentemente, le ordenan a la familia no decirlo a nadie...especialmente a las autoridades". "¡Esto es mi punto!", dijo Padre Bill, "algo raro ocurre aquí señores... ¡lo siento en mis huesos!". "Estoy de acuerdo", le dije. "Yo también", dijo Rosario.

Capítulo 8

El siguiente dia, amanecí ansioso de hablar con el Padre Bill sobre Bartolomé de Las Casas. Estuvo en mi mente la noche entera. No podía dejar de pensar en cómo se había transformado de una persona indiferente a los indígenas, para llegar a ser su principal defensor y benefactor. Sentía un fuerte parentesco con él porque yo tambien tenia muy baja estima para con los indígenas y no me interesaba su bienestar. Pero las últimas veinticuatro horas habían servido para elevar mi consciencia considerablemente.

Después del desayuno, Padre Bill y yo nos sentamos en el recibidor. "Padre Bill", empecé, "muchas gracias por animarme a asistir a la presentación de Rosario anoche. La vida generosa de De Las Casas me conmovió profundamente. Tanto, que no pude dormir. Su vida fue tan hermosa, tan rica... ¡tan significante! Y mi vida, en comparación, ha sido tan asquerosa, tan vacía... tan insignificante".

"Hermano Mateo", respondió Padre Bill, "estoy muy contento de que hayas ido a la presentación. Según lo que contó Esperanza ayer referente a tu actitud para con los indígenas, y dado que la gracia de Dios está trabajando en ti, pensé que quizás te podrías identificar con la maravillosa vida de Las Casas". "Ah sí...por supuesto", le contesté, "meditando sobre su vida caritativa, me hizo reflejar sobre mi propia vida y hacer una reevaluación".

"Hermano Mateo", empezó Padre Bill, "¿te acuerdas que te mencioné que me parecía que San Agustín deseaba compartir su vida contigo presentandote con su autobiografía?". "Si", le contesté. "Quiero pensar que San Agustín está tratando de ayudarte a hacer lo que él hizo", continuó Padre Bill, "es decir...dejar atrás tu vida decadente y mundana. Bueno, ahora parece que Bartolomé de las Casas te busca con el propósito de abrir tu corazón por los pobres. Así es que Agustín te demuestra lo que es la verdadera libertad... mientras que De Las Casas te enseña lo que es el verdadero amor. Vas por un nuevo camino, hermano Mateo, y aparentemente hay dos almas santas que se han acercado a ti y han escogido compartir sus vidas contigo. ¡Esas son buenas noticias, hermano! La iglesia le llama a esta fraternidad...el compartir vidas: *La Comunión de los Santos*".

"Disculpa hermano Mateo, quisiera por un momento hacer una digresión", propuso Padre Bill. "Por supuesto, Padre Bill", le dije. "Hermano Mateo... ¿como piensas que tu familia y tu corporación han reaccionado a la noticia de tu secuestro por dinero?". "En primer lugar, Padre Bill, ya tenemos un plan de acción para esta contingencia. Lo primero que sucede es que cualquier persona que me acompañaba, al ocurrir el secuestro, se regresa inmediata a la oficina central por la avenida Park en Manhattan, Nueva York. Así es que mi piloto, Pancho Luna, probable-mente ya va en camino a Nueva York."

"Luego...todo el asunto se entrega a unos expertos en negociaciones con secuestradores, ubicados en Londres. Pero, les tengo muy claro que no se inicie ninguna negociación hasta que primero puedan hablar conmigo para verificar que estoy vivo y que los que dicen que me han capturado efectivamente me tengan bajo su control".

"¡Ah, bien! hermano Mateo. Entonces, eso significa que si los secuestradores quieren cobrar su dinero... ¡tendrán que encontrarte!". "Sí", respondí, "tomando en cuenta que cien millones de dólares equivale a más de un billón de pesos, podemos asumir que hay un verdadero interés en el dinero". "Por lo tanto", observó Padre Bill, "lo más probable es que usarán todos sus recursos, y pondrán en acción todos sus elementos haciendo todo en su poder para encontrarte".

"Buenos días, a todos", anunció Rosario al entrar al recibidor donde estábamos el Padre Bill y yo. "¿De casualidad ha salido alguno de ustedes?". "No", contestó Padre Bill. "¡Ni lo piensen!", exclamó Rosario, "La policía ha puesto retenes por todos lados. Me tardé el doble de tiempo que normalmente me toma llegar aquí esta mañana porque había filas de autos de menos una cuadra de largo en cada retén. Todas la carreteras entrando y saliendo de la ciudad están cerradas y no se permite paso hasta que cada vehículo haya sido revisado. Además...están ofreciendo una recompensa para quien tenga información sobre el paradero del señor Lake". Padre Bill volteó a verme y notando la ansiedad en mi rostro, dijo: "No te preocupes hermano Mateo... aquí estas seguro. Recuerda... no estás solo; ¡ahora tienes muchos amigos muy influyentes!".

Los siguientes diez días en el orfanato estaban repletos de nuevas ideas y nuevas experiencias. Fueron, sin duda, de los diez días más maravillosos de mi vida. Tuve muchas largas y productivas conversaciones con Padre Bill. Me comentó que había tres otros Franciscanos viviendo en el monasterio, pero los tres andaban fuera por distintas razones. El Padre James estaba en Nueva York, asistiendo a eventos benéficos para recaudar fondos para el orfanatorio. Y el Padre Peter estaba visitando a su familia. Padre Andrew, un psicólogo, estaba en Roma en un seminario.

Padre Bill dijo que él y los otros frailes eran de Nueva York y miembros de una comunidad Franciscana de allí. Dijo que con la ayuda de Esperanza y Rosario, los frailes estaban educando a los doce huérfanos. En ocasiones reciben el apoyo de voluntarios de *La Casa Na Bolom* (Casa del Jaguar); una institución en San Cristóbal que se fundó en 1951, por el arqueólogo Danés, Franz Blom...uno de los primeros Europeos que exploró las ruinas de Palenque. *Casa Na Bolom* está dedicada específicamente a la ayuda del Maya Lacandona. Padre Bill me pregunto si me interesaria dar clases de historia Griega y Romana a los estudiantes...quizás darles a conocer los antiguos escritores Griegos, como Homero, autor de la Iliad y la Odisea... y el famoso poeta Romano, Virgilio autor del Aeneid. Naturalmente, con gusto acepté la oportunidad.

Naturalmente, tuve numerosas y benéficas conversaciones espirituales con el Padre Bill también. Estaba experimentando una transformación completa que sin la ayuda del Padre Bill para guiarme, no se como me hubiera ido. Además, todas las noches antes de dormir, leía Las Confesiones de San Agustín, que en sí era como tenerlo de director espiritual. Ya para entonces me había crecido la barba asi que alli me encontraba vestido con hábito Franciscano, luciendo una cabeza rasurada, y una barba larga. Me maravillaba lo que Dios había hecho conmigo cada vez que me veía en el espejo. Si alguien me hubiera dicho la mañana que salí del hotel para visitar la catedral, que el siguente dia estaria en un monasterio Franciscano con la cabeza rasurada, barba larga, y vestido de con hábito Franciscano... seguramente hubiera seguido caminando sin prestarle atención a ese individuo, asumiendo que estaba loco. Y en si... eso fue precisamente lo que me sucedió.

Un día, le pregunté al Padre Bill que cuánto tiempo pensaba que debería yo estar escondido en el orfanatorio. Sugirió esperar hasta no recibir más información referente a los secuestradores. Ir con las autoridades cuando verdaderamente no sabemos qué es lo que sucede sería desastroso. Dijo que Dios sería el que nos iba a señalar cuándo y cómo hacerlo. Reflejando sobre todas las cosas de la providencia que habían sucedido hasta el momento, tuve la certeza de que lo que sugería el Padre Bill era, sin duda, lo más indicado.

Días después, por gracia de Dios, la informacion que esperábamos pacientemente salio a la superficie. Uno de los huérfanos, un niño de catorce años llamado Carlitos, que venía de regreso a la casa después de haber ido al mercado a comprar fruta, se detuvo a tres casas del orfanatorio para darle paso a un auto entrando a una vivienda. El portón de la entrada lo mantenía abierto un hombre rudo de pelo largo, oscuro y rizado, vestido de playera negra. Llucia un tatuaje grande en la parte de arriba de su brazo derecho. Eran dos letra grandes, entrelazadas: "L y O". Carlitos sintió un escalofrio. Supo inmediatamente el significado de las letras. Eran las iniciales de... *La Oscuridad*: un cartel nuevo y muy agresivo que estaba iniciando actividades en la región

Carlitos reportó que cuando el auto negro voltio frente de él, rodando lentamente, pareció ser el mismo Mercedes negro que usaron para el secuestro. Y como Carlitos había sido el niño que había memorizado la placa, al ver que era la misma, por poco se le caen los plátanos y las guayabas que llevaba en sus brazos; definitivamente era el mismo auto que usaron los secuestradores.

El adolescente aterrorizado dijo que sentía que se le salía el corazón de lo fuerte que latía. Al pasar el automobile y cerrarse el portón, siguió caminando de frente rumbo al orfanatorio. Aunque estaba a punto de explotar por el tumulto de emociones, siguió caminando con paso tranquilo para no revelar la agitación que se había desatado dentro de él.

Capítulo 9

Más tarde ese mismo dia, Padre Bill se sentó conmigo y me contó lo que había reportado Carlitos, de que los secuestradores vivían a sólo tres casas de nosotros. "Padre Bill", le dije...mi voz temblando, "¡esto es increíble! ¿Las personas que intentaron secuestrarme solo están a tres casas de aquí? ¿Son nuestros vecinos? Padre... ¡dígame que esto no es cierto! ¿Sera posible que se haya equivocado Carlitos con la placa?". "Creo que no", contestó Padre Bill, "tomando en cuenta lo aterrorizado y trastornado que estaba Carlitos por lo que vio, no es problema creer que si el automóvil es de los secuestradores. Además, hermano Mateo...Carlitos dijo que el que cuidaba el portón se parecía mucho a uno de los delincuentes que te iban siguiendo cuando entraste a la catedral. ¿Te acuerdas si alguno de ellos traía pelo largo?".

"¡Si! El que se puso detrás de mí para prevenir que me escapará...era un fulano musculoso de pelo rizado, color café oscuro que le alcanzaba abajo del oido". "Hermano Mateo", dijo Padre Bill, "esa es exactamente la descripción que Carlitos me dio de la persona que cuidaba el portón". "Pero Padre", pregunté, "¿es que usted no conoce a los que viven en esta cuadra? ¿Cómo es que gente tan peligrosa puede estar tan cerca sin que usted se de cuenta?".

"Esa casa en particular, hermano Mateo", empezó

Padre Bill, "es de arrendamiento. Conocía a la gente que vivía allí anteriormente, pero se mudaron hace cuatro meses y la casa permaneció desocupada por tres meses. Los actuales inquilinos entraron hace un mes y todavia no los he conocido... son extremadamente privados y ahora se por que". "Nada mas ponte a pensar, Padre Bill", le dije, "te apuesto que escogieron esa casa precisamente porque está tan cerca de un orfanato; nadie se imaginaría que un cartel sería tan atrevido como para operar de una casa en una vecindad de tan alto perfil. Sería como escoger una casa junto a una escuela o iglesia, o inclusive... ¡una comandancia de policía!".

"Como quisiera que tuvieras razón, hermano Mateo, pero estás pensando como si estuvieras en los Estados Unidos. Aqui en Mexico, los carteles se instalan donde les dé la gana...con completa impunidad". "Creo que hay mucho que aprender sobre México, Padre Bill", le respondí, "pero ahora que sabemos que fue un cartel de narcotraficantes que intentó secuestrarme... ¿no deberíamos acudir a las autoridades?". "En los Estados Unidos", empezó Padre Bill, "eso sería lo más lógico, pero recuerda, hermano Mateo, no estás en los Estados Unidos... ¡estás en Mexico! Necesitamos más información antes de hacer nada. El señor nos está ayudando... hay que ser pacientes un rato más; esa es mi sugerencia".

"De acuerdo, Padre Bill", le contesté, "usted es más conocedor de cómo se hacen las cosas aqui y tendría que ser muy tonto para no seguir sus consejos. Ahora, si no es inconveniente, Padre Bill, me puede decir que sabe de ese grupo...La Oscuridad". "Bueno, hermano Mateo", empezó Padre Bill, "alli esta el detalle; realmente no hay quien sepa algo de ellos. He allí una de las razones por su nombre; se enorgullecen de existir en las tinieblas... en La

Oscuridad. Se puede asumir que operan igual a los otros carteles pero... con mayor sigilo y secreto".

"Posiblemente ese afán de mantener todo en secreto es la razón porque decidieron culpar a los indígenas", le sugerí. "Eso sí puede ser el caso, hermano Mateo", respondió Padre Bill, "pero si en realidad querían que todo fuera secreto, no hubieran dejado la nota. Sencillamente te hubieran capturado sin identificarse y llamado a tu oficina para pedir dinero por tu libertad. ¿Lo puedes ver? Algo no está bien aquí".

"Sí, Padre Bill...entiendo lo que me quiere decir", le contesté, "todavía le falta una pieza a este rompecabezas, y hasta que no encontremos dicha pieza, nada tendrá sentido". "Precisamente, hermano Mateo", respondió Padre Bill...como si fuera Sherlock Holmes y yo el doctor Watson, "y hasta que no se encuentre esa pieza, tendremos que permanecer aquí. Estamos seguros tras estos muros hermano Mateo. Dios tiene un plan para ti, y El nos enseñara la salida de este dilema".

"Padre Bill", le pregunté, "de casualidad... ¿no tendra unos binoculares? Una de las ventanas del segundo piso de la capilla da a la calle. Posiblemente podemos ver que acontecé en la casa de los secuestradores". "¡Excelente idea, hermano Mateo!", contestó Padre Bill, "Si, tengo unos binoculares muy buenos que me regaló un amigo. Los uso cuando salgo de viaje a las misiones en la selva Lacandona. Voy por ellos y te veo en la capilla en dos minutos".

El Padre Bill regresó a la capilla cargando un antiguo estuche de piel que me supuse contenía unos binoculares muy antiguos. "Estos, hermano Mateo", empezó Padre Bill, "son unos binoculares clásicos que se utilizaron por el ejército Americano durante la segunda guerra mundial".

"¿Estás seguro que todavía funcionan, Padre Bill?", pregunté, "Cuando dijiste que te los había obsequiado tu amigo, pensé que era algo, pues... más moderno". "Funcionan muy bien, hermano Mateo, ya verás. Ahora... permíteme ver esa casa", dijo Padre Bill.

Padre Bill, se agachó bajo la ventana y viendo por los binoculares, los usó para levantar la cortina...justo lo suficiente para poder ver por la ventana. "Bien ... allí está la casa. Dejame enfocar el lente un poco más...ahora, sí... ¡perfecto! Puedo ver la casa, la entrada del garage, y el portón. Hay dos hombres parados en frente del garage charlando. Uno de ellos tiene el pelo largo; probablemente es el fulano que nos describió Carlitos. Si, es él...puedo ver el tatuaje de las iniciales de La Oscuridad en su brazo derecho".

"¿Se encuentra allí el Mercedes negro, Padre Bill?", pregunté. "No lo veo, hermano Mateo", respondió Padre Bill, "quisas esté en el garage. Oye... ¡espera! Se aproxima un automóvil a la entrada y dos hombres están abriendo el portón. Es un Cadillac Escalade blanco. Vamos a ver quien es. Ya... el del pelo largo está cerrando el portón y el otro se acerca al mueble. Bien, el chofer está saliendo del coche. Viste muy profesionalmente, con traje, camisa blanca, y corbata. El otro lo saluda de mano. Ahora, los tres están juntos dialogando. Aquí... mira esto hermano Mateo".

El Padre Bill me pasó los binoculares y rápidamente ajuste el enfoque hasta poder ver los tres hombres claramente. "Los veo, Padre Bill. ¡Estos binoculares estan fantasticos", exclamé. "Te lo dije, hermano Mateo... los hicieron para durar", contestó Padre Bill. "Bueno... ahí vamos, Padre Bill; el del pelo largo definitivamente es el rufián que me quiso secuestrar. Y el otro es el que se paró enfrente de mi diciendo que era agente federal. El del traje no se quien es, porque me esta dando la espalda. Espera...está contestando una llamada de celular y se aleja de los otros dos miembros del cartel...bien, sigue, sigue...ahora voltea hacia mí: ¡sí! ¡NO! ¡NO! ¡No puede ser!". Retiré los binoculares de la ventana y me quedé allí sentado y aturdido.

"Hermano Mateo... ¿que pasa? ¿Que has visto?", preguntó Padre Bill, emotivamente. "Ricardo Villanueva... el Secretario de Energía", le respondí en un tono confuso. "¿Es el tal Ricardo que conociste la noche antes que intentarán secuestrarte?", preguntó Padre Bill. Afectado profundamente, "Sí"... fue todo lo que pude decir.

Padre Bill volteó hacia el humilde tabernáculo colocado en la pared de la capilla privada, se persignó, y dio gracias a Jesús allí presente. "Hermano Mateo", empezó Padre Bill, "espero que entiendas que esta información cambia todo; esto es justo lo que esperábamos. Yo se que estás en un estado de shock después de haber realizado la manera tan ruin en que te traicionó Ricardo, pero ahora sabemos que se puede esperar... ¡sabemos lo que está tramando! Sabemos que definitivamente hay colusión por parte del gobierno".

"Padre Bill", le dije, "esta no fue una simple traición... ¡fue algo absolutamente siniestro! Y esto no es solamente otro caso de colusión del gobierno con un cartel de narcotraficantes; todo fue orquestado de inicio al final por el Secretario de Energía de México. Mire, Padre Bill, hubo ciertas cosas que se dijeron en esa junta en El Secreto que aun no he compartido con usted porque, hasta hace unos minutos, no tenía relevancia. Pero cuando oiga esas cosas, entenderá lo que quiero decir. Primero... permítame preguntar lo siguiente: ahora que sabe que Ricardo está involucrado... ¿porque cree que el organizó mi secuestro?".

"Bueno, hermano Mateo", empezó Padre Bill, "realmente es muy obvio: basado en lo que Esperanza dijo haber escuchado de la conversación entre ustedes esa noche en el restaurante de cómo tu planeabas socavar la reputación de los indígenas para mas facilmente ignorarlos y perforar en sus tierras, Ricardo ya tenía en mente secuestrarte y culpar a los indígenas. Sospecho que Ricardo quería aprovecharse del temor que los Americanos históricamente han tenido cuando se trata de indígenas.

"Una persona capaz de ocupar un puesto como el de Ricardo se puede pensar que estaría bien informado de la historia Americana y de detalles como... *La Masacre del Fuerte de William Henry*... que tuvo un efecto tan devastador que afectó la manera de pensar de los Americanos cuando se trata de indígenas. El fuerte William Henry era un fuerte Ingles contiguo al lago George en el estado de Nueva York. Los Franceses, con la ayuda de los indígenas de esa región, conquistaron el fuerte. A los indígenas se les prometió 'el botín' que los Franceses nunca les dieron. Consecuentemente, los indígenas enfurecidos, empezaron a atacar a los prisioneros Ingleses, matando a algunos y secuestrando a otros a cambio de dinero. Este es el tipo de temor que Ricardo busca evocar. ¿Es así como tu lo ves, hermano Mateo?".

"Sí, Padre Bill", le contesté, "es exactamente lo que yo veo. Pero lo que quería compartir contigo es que, durante esa junta clandestina, Ricardo prácticamente me dijo que iba ser secuestrado. Dijo que los indígenas eran muy atrevidos y que probablemente iban a cometer algún acto imprudente en el futuro no muy lejano. Hasta me preguntó que si estaba listo. Y, como idiota, yo le dije que... *¡había nacido listo!* Luego, siendo cien veces más atrevido que los indígenas dóciles, me preguntó sobre mis planes para el siguiente dia, y por supuesto, como el tonto ingenuo que soy, le dije que planeaba visitar la catedral".

"Increíble, hermano Mateo...totalmente increíble", agregó Padre Bill, "ahora se porque usaste la palabra 'siniestro'. ¡Parece ser que el se divertía engañándote! Es patético ser testigo del grado de corrupción al cual algunos políticos pueden llegar". "Eso me recuerda", agregué, "algo que dijo Cicerón: *Los políticos no nacen; son excretados*".

"Padre Bill", pregunté, "dado a la principal razón de mi secuestro, que es poner en mal a los indígenas, no entiendo porque pidieron dinero a cambio de mi libertad... ¡y una enorme cantidad hasta eso!". "Buena pregunta, hermano Mateo", contestó Padre Bill, "se me ocurren dos posibilidades; una más fuerte que la otra. La primera, la menos probable de las dos, es que pedir el dinero daría autenticidad a la criminalidad del secuestro. Recuerda, hermano Mateo.... ¡Ricardo queria lograr inculpar a los indigenas! La segunda razón fue avaricia...pura y sencilla-mente. Una persona tan moralmente comprometida como Ricardo jamás podría desaprovechar una rara oportunidad de enriquecerse tan rápidamente. Su moralidad ni siquiera entra al cuadro; vive para el dinero... esto es lo que lo motiva".

"Me duele admitirlo, Padre Bill", le confesé, "pero la descripción de Ricardo que acabó de relatar también va para mi...o al menos a la persona que fui antes de llegar al orfanatorio. Amaba el dinero tanto como lo hace el. Pero es mas; me había asociado con el esa noche en el restaurante cuando formulamos una táctica para engañar y estafar a los pobres. ¡Lo que menos pensaba era que el plan que discutimos era el de mi secuestro!"

"Me alegro que lo veas asi, hermano Mateo", dijo Padre Bill, "porque ahora puedes empezar a rezar por Ricardo, pidiéndole al Señor que venga a él así como ha venido a ti. No sabemos, hermano... ¡quizas Ricardo llegué a cielo antes que nosotros! El error más grande que cometé la gente, hermano Mateo, es que sobreestiman su habilidad para hacer lo que es justo y correcto por sí mismos, sin asistencia celestial; mientras que seriamente subestiman la debilidad de su naturaleza humana herida. Se imaginan ser autosuficientes y poder vivir una vida buena sin la gracia y dirección de Dios. Este orgullo pelagiano, que se ha vuelto viral en este mundo de hoy, nos lleva a creer que el humano es absolutamente libre, y por consecuencia, no hay necesidad para un abrasamiento de ley moral. En poco tiempo y a manera que la consciencia va erosionando, la raya entre el bien y el mal empieza a borrarse peligrosamente. Esta fue tu trayectoria, y ahora es la de Ricardo".

"Pero", continuó Padre Bill, "gracias a Dios...la humildad nos muestra la salida de este pantano espiritual. Cuando nuestro corazón está abierto a la verdad y escogemos libremente hacer lo que sabemos es bueno y justo, nos hacemos más fuertes y más aptos de iniciar aún mayores obras justas y buenas a manera que va creciendo la gracia en nosotros. La persona empieza a vivir de gracia a gracia...es decir, que la persona empieza a vivir una verdadera vida espiritual donde ya no son descarriados los deseos mundanos sino guidos interiormente por los suaves impulsos y amorosas inspiraciones del Espíritu Santo. Es por eso que San Pablo nos enseña en Romanos 12:21... *Conquista el mal haciendo el bien*. Este es el camino en el que te encuentras ahora, hermano Mateo".

"Bueno, hermano Mateo", dijo Padre Bill, "en pocas

palabras... esto ha sido un dia memorable. Sería mejor retirarnos a descansar. Mañana será un nuevo dia, y podemos empezar de nuevo, gozando de las bendiciones que seguramente nos esperan". "Me parece muy bien", le respondí, "¡hasta mañana!".

Capítulo 10

La siguiente mañana, después del desayuno, Padre Bill me dijo que tenía algo que mostrarme y me pidió que lo acompañara a un pequeño establo al fondo de la propiedad. "¿Alguna vez has visto un burro de cerca, hermano Mateo?", preguntó Padre Bill, entrando al establo. "No...no que yo recuerde, Padre Bill", le respondí. "Un burro, hermano Mateo, es esencialmente un asno; la palabra 'burro' significa donkey en inglés", continuó Padre Bill, "sabes que Jesús en su entera humildad, montaba un burro cuando entró a Jerusalén. Bueno, ahora hermano Mateo, mostrando humildad, saldrás de San Cristóbal de las Casas con la ayuda de este burro". "¿Como dices, Padre Bill?", le pregunté, "¿creo que no estoy entendiendo?". "Hermano Mateo...ha llegado el tiempo de que abandones el orfanato. Ahora que sabemos a qué nivel está involucrado el gobierno y el motivo del intento a secuestrarte, sin tomar en cuenta la cercanía de los secuestradores, es demasiado peligroso que sigas aquí."

"Si, lo entiendo, Padre Bill", le contesté, "estoy de acuerdo. Lo pensé mucho anoche y llegué a la misma conclusión. Pero... ¿a donde me voy? ¿Y que tiene que ver este burro con mi salida de San Cristóbal?". "El burro es de los niños. Le llaman... *Contento*", respondió Padre Bill, "Contento, como bien sabes, significa 'happy' en inglés. Contento es una criatura maravillosa, muy mansito y muy fuerte. Los niños se suben a ese pequeño carretón que está allí y Contento los estira a distintas partes de la ciudad, donde los niños venden sus crucifijos cuando hay eventos especiales. A veces, reclutan a Contento para que los lleve al bosque en las afueras de la ciudad donde ellos recolectan fruta, bayas, y chiles".

"Dentro de una hora, hermano Mateo", continuó Padre Bill, "Contento los llevará a ti, Antonio, Miguelito, y Montecito al perímetro de la ciudad". "Si... ¿y luego?", pregunté. "Considerando la desesperación de esta gente, y lo intenso que será su búsqueda por ti, hermano Mateo, solo hay un lugar donde yo pienso que puedes estar seguro; *La Reserva Biosférica de Montes Azules*. ¿Acaso has oído de esa reserva hermano Mateo?", preguntó Padre Bill. "Si, lo he oído, Padre Bill", le contesté, "de hecho...es justo el lugar donde esperaba conseguir permiso para perforar. Es parte de la Selva Lacandona, si recuerdo bien".

"Tu memoria te sirve bien, hermano Mateo", respondió Padre Bill, "¿Alguna vez has estado en la selva hermano?". "Lo más cerca que he llegado a visitar una selva es cuando iba a divertirme a, *Les Caves du Roy*... un famoso antro de la Riviera Francesa", le dije, sonriendo. "Bien... entonces te espera una maravillosa experiencia hermano", agregó Padre Bill, "ahora en todos los caminos entrando y saliendo de la ciudad hay retenes. Pero Antonio conoce una salida secreta de la ciudad que los Mayas han usado por cientos de años. Es un antiguo sendero que yo he usado muchas veces. Es un poco más difícil que la ruta normal, pero con la ayuda de Antonio como tu guía, no tendrás problemas".

"Aqui esta el plan, hermano Mateo", continuó Padre Bill, "La Reserva de Montes Azules es donde radica la gente de Antonio... los Mayas Lacandón. Antonio te llevará a su pueblo; la aldea de Santa Maria de Guadalupe... una de las pocas aldeas Católicas en La Reserva. Mis hermanos Franciscanos y yo somos los responsables de la capilla de esa misión, y uno de nosotros viaja a la aldea una vez al mes para oficiar misa. Te hospedarás en una pequeña choza de paja que han construido los indígenas para el uso de los misioneros cuando visitan la aldea. La choza tiene piso de tierra, un catre, una silla, una mesa, y algunos estantes. Podrás tomar tus alimentos con Antonio y su familia. Te van a tratar muy bien hermano Mateo. La gente estará extremadamente alegre por tenerte como su huesped".

"¿Que tiempo se lleva para llegar a La Reserva?", pregunté. "En total... el viaje se lleva alrededor de seis horas", contestó Padre Bill, "Contento los llevará a la aldea de San Marcos a ti y Antonio donde encontrarán a un amigo del orfanato cuyo nombre es Mario Puente. Este segmento de la excursión con Contento se llevará una hora. Luego, usando su camioneta, Mario los llevará a la reserva. Después de un recorrido de tres horas, Mario los dejará a dos kilómetros de la entrada oficial y Antonio te llevará a Santa María por medio de una serie de veredas interconectadas dentro de la selva y solo conocidas por la gente local. Esa caminata por las montañas se llevará alrededor de dos horas. Llegarán a Santa Maria a tiempo de cenar".

"¿Y que pasará con Miguelito, Montecito, y Contento?", le pregunté. "San Marcos es famoso por sus mangos y toronjas", contestó Padre Bill, "así es que Miguelito cargará el carretón con la fruta y se regresará al orfanatorio. Es por eso que estoy enviando a nuestro 'Jefe de Seguridad', Montecito; el cuidará a Miguelito y

Contento en su viaje de regreso".

"Aquí hay dinero para la gasolina de Mario", dijo Padre Bill, entregándome un sobre blanco, "y el cocinero les está preparando alimentos y bebidas para su viaje. Porque no preparas lo que piensas llevar contigo, pero recuerda... va ser una caminata de dos horas por las montañas; solo lleva lo indispensable en una pequeña mochila". "Padre Bill", pregunté, "¿cuanto tiempo crees que tendré que permanecer en Santa Maria de Guadalupe?". "No lo se, hermano", contestó Padre Bill, "pero ya que veas lo hermoso que esta alli, quizas no vas a querer irte. Yo iré a Santa María para la misa en una semana aproximadamente, y tendremos bastante tiempo para platicar y ponernos al corriente. Antonio y Miguelito están en el granero preparando a Contento y el carretón. Nos vemos en frente del granero en media hora".

Juntar mis pertenencias fue una tarea fácil, siendo que todo lo que había traído a México estaba en el hotel. La única cosa que quería estar seguro de incluir en mi mochila era mi copia de Confesiones en Latín. Cuando salí al granero el carretón ya estaba listo. Miguelito y Montecito descansaban en la parte de atrás, mientras que Antonio estaba sentado al frente del carretón en la banca del que lleva la rienda. "Hermano Mateo", dijo Padre Bill, "aqui esta un sombrero para ti, te va ser muy útil...creemelo. Además, servirá también para disfrazar tu identidad. Esta va ser tu primera salida en público, y no hay que tomar riesgos. Inclusive, sería mejor que te pongas estos lentes de sol... al menos hasta salir de la ciudad".

Me puse el sombrero de paja, de ala ancha, junto con los lentes de sol: "¿Que piensas?", pregunté. "¡Perfecto!" exclamó Padre Bill, "Con esa habito Franciscano, los lentes, el sombrerote, y esa barba... nadie jamás te reconocerá. Sabes, hermano", continuó Padre Bill, orillandome, para hablar en privado, "cuando salgas de aquí vas a pasar justo por enfrente de la casa de los secuestradores. No espero que haya problemas, pero en dado caso, estaré observándote desde la capilla con los binoculares. Si te encuentras con cualquier problema, nada mas toca tu sombrero con la mano izquierda, y saldré para tratar de ayudarte".

"Gracias, Padre Bill", le dije, "considerando las veces que tu y los niños han pasado por allí sin incidente, no me siento nada preocupado". "¡Magnífico!", dijo Padre Bill, "solo una cosa mas, hermano; el lugar a donde vas es muy diferente a cualquier lugar que hayas ido anteriormente. Vas a ver y experimentar cosas que jamás has visto o experimentado. Estarás viviendo con la gente pobre de Dios...en el corazón de la creación de nuestro Padre. ¡Es como el Jardín del Edén, hermano! Te dejará sin respiración. Escucha al Señor cuando estés alli, y El hablará a tu corazón por medio del Espíritu".

"¡Estoy en ansias por llegar allí, Padre Bill!", exclamé. "¡Bien!", contestó Padre Bill, "ahora, permítanme darles una bendición para su viaje". Padre Bill alzó sus brazos al cielo llamando al Espíritu de Dios y nos encomendó a él poniendo sus manos suavemente sobre nuestras cabezas... incluyendo a Montecito y Contento.

La bendición de Padre Bill fue muy hermosa. Saliendo del orfanatorio, a la calle a bordo de nuestro carretoncito, sentí que íbamos rodeados de ángeles y santos. Me sorprendió lo bien que funcionaba el carretón; nos desplazamos cómodo y serenamente. Contento se notaba muy satisfecho de tener la oportunidad de salir del granero y hacer algo de ejercicio al aire libre. Antonio dijo que Contento ya conocía el camino a San Marcos y sabía que ese era nuestro destino porque Montecito nos acompañaba...era su señal.

Continuando por la calle, mantuve un ojo cauteloso enfocado en la tercera casa a la derecha. Al pasar la segunda casa oí el rechinar del portón de fierro al abrirse. Antonio, que conducía el carretón, iba sentado a mi derecha y me alertó con su codo: "Hermano", susurró Antonio, "alguien está saliendo de la casa de los traficantes". "Si...lo veo, Antonio. Cálmate", le susurré.

El hombre salió a la banqueta y encendió un cigarrillo, luego volteó a vernos y saludó; "Hola, Padre, espere un momento... necesito hablar con usted". ¡No pude creer mis ojos! Era el secuestrador de pelo largo que me quiso atrapar enfrente de la catedral. Le pedí a Antonio que detuviera el carretón... y luego, se me ocurrió que el crucifijo que traía puesto era el mismo que este delincuente me había quitado del cinto, que lo había visto y tirado al suelo. Si lo viera... es muy posible que lo reconociera. Mientras el hombre se acercaba a nuestro carretón, usando mi mano izquierda y a la vez obstruyendo la vista, alzando mi brazo derecho, que estaba cubierto de la amplia manga del habito Franciscano, logré ocultar el crucifijo dentro de mi habito. "Padre", empezó el miembro del cartel, poniendo su mano sobre la banca del carretón...a unos cuantos centímetros de Antonio. Viendo a ese hombre rudo, acercándose a Antonio, Montecito instantáneamente puso sus patas delanteras sobre la banca del conductor y alzó sus sesenta y cinco kilos de músculo y pelaje blanco hasta parecer que prácticamente estaba parado como oso polar balanceándose sobre sus piernas traseras. Enseguida enfoco su mirada penetrante hacia abajo sobre el hombre, a la misma vez mostrando sus enormes colmillos con un feroz gruñido que salió de su garganta como estruendo amenazante y tan aterrorizador que inmediatamente retrocedió el hombre. Hasta el mismo Contento se estremeció al oír el gruñido espeluznante.

"¡Quieto, Montecito!", dijo Antonio, "Ya te puedes sentar... todo está bien, Montecito". El hombre empezó a recuperar su postura, calmandose a manera que regresaba el color a su cara. Volteó casualmente a ver a Montecito que se encontraba sentado calmadamente mientras que Miguelito lo acariciaba, y luego continuó: "Padre...quisiera pedirle un favor". "Si, por supuesto", le respondí, "¿como le puedo servir?". Antonio volteó y se quedó viendome intensamente; la expresión en su cara era única... ¡sus ojos parecían platos! "Padre... perdí algo muy valioso. ¿Podrá usted pedirle a Dios que me ayude a encontrarlo, por favor?".

"¿Qué es eso tan valiosa que ha perdido amigo?", le pregunté. "Realmente, no lo puedo lo describir, Padre, pero lo que puedo decir es esto... ¡es extremadamente valioso!". "Está bien", le contesté, "yo ya sé lo que es, y tienes razón... ¡no tiene precio!". "¿Usted sabe lo que perdí?", preguntó el maleante, "si usted lo sabe, digamelo... ¿que fue lo que perdí?". "Bueno... es obvio, amigo. Dice que lo que perdió era extremadamente valioso y que no lo puede describir; por consiguiente, lo que ha perdido es algo espiritual. Yo creo que lo que perdió fue su fe".

"¿Mi fe?", exclamó el aspirante a secuestrador, "¡Tiene razón! En efecto, perdí mi fe; pero de eso hace mucho tiempo... y no es lo que busco ahora". "Pero", le contesté, "quizás esa cosa tan valiosa que ahora busca es en realidad la fe que perdió hace tanto tiempo. A veces buscamos cosas espirituales en lugares equivocados". "No, Padre", contestó el narcotraficante, "lo que busco no es espiritual; es algo físico. ¡Tan físico como usted sentado allí en esa banca!". Al oír estas palabras, Antonio, por poco se desmaya. "En ese caso amigo", le dije, "la fe es verdaderamente más valiosa que lo que usted ha perdido, ¡porque la fe es aún más real y más auténtica que mi mismo sentado aquí en esta banca! Porque no hacemos esto: yo le pediré a Dios que le ayude a encontrar cualquiera de esas dos cosas que verdaderamente sea la más valiosa... ¿de acuerdo?". "Sí, Padre, me parece muy bien. Gracias por sus oraciones", contestó el hombre...quien ahora estaba tan confundido que apenas podía dar paso para regresar a la "guarida de iniquidad" de dónde había salido.

Capítulo 11

"¡Hermano Mateo!", exclamó Antonio, "¡No puedo creer que le hablaste de esa forma a ese criminal! Por un momento, pensé que le ibas a decir quien verdaderamente eres; Benjamin Lake... ¡la 'cosa valiosa' que el buscaba!". "Jamas, Antonio. Soy muchas cosas, pero suicida no es una de ellas. Disculpame por someterte a esa experiencia tan estresante, pero mi instinto me indicó que lo mejor era confrontar, no eludir a ese hombre".

"Antonio", le pregunté, "¿tú crees que Montecito hubiera atacado a ese hombre?". "Absolutamente, hermano. Si ese hombre me hubiera agarrado y me hubiera forzado a gritar... ¡Montecito lo hubiera devorado!". "¡Wow!", le dije, "así es que en realidad, el si es el... ¡'Jefe de Seguridad'!" "¡Oh, sí!", contestó Antonio, "su raza es famosa por cuidar las ovejas que viven en las montañas del norte de España". "¿Alguna vez ha tenido que atacar a alguna bestia o hombre Montecito?", le pregunté. "No", contestó Antonio, "todo lo que tiene que hacer es lo que lo viste hacer, y hasta el momento, a sido lo suficiente para lidiar con toda amenaza".

Todo este tiempo, a manera que avanzabamos hacia el perímetro de la ciudad, era obvio que Contento sabía exactamente a dónde se dirige. Para mostrar su alto coeficiente de inteligencia, Antonio soltó las riendas y permitió que Contento solo agarrara su rumbo...a estilo libre. Antonio alzó sus manos al aire: "Mira, hermano... ¡sin manos! Ves... ¡Contento se sabe el camino mejor que yo!".

Cuando finalmente llegamos al perímetro de la ciudad, Contento nos llevó detrás de unas casas por una antigua calle deteriorada de asfalto que separaba las casas del bosque. Después de unos treinta metros doblamos a la izquierda por un estrecho sendero que entraba directamente al bosque. En menos de un minuto, habíamos abandonado la ciudad y nos encontrábamos inmersos en el bosque y completamente fuera de vista.

"Muy bien, Contento", dijo Antonio, "hermano... este es el sendero que nos llevará a San Marcos. Llegaremos en treintaicinco minutos". "Magnifico, Antonio", le dije, "Miguelito... Antonio; ¿se acuerdan que hace unos días les mencioné en la clase al poeta Romano Virgilio?". "Sí", respondieron los dos niños. "¿Recuerdan sus tres principales obras?". "Sí", contestó Antonio, "*Ecologies*, *Georgicos*..." "¡Y el *Aneida*!", añadió Miguelito, con entusiasmo. "¡Correcto... muy bien muchachos!", les contesté, "Bueno... Virgilio hizo una sugerencia en el libro IX de su primera obra, *El Ecologies*, que creo nos puede ser útil en este momento". "¡Dinos, hermano Mateo! ¿Que dijo el señor Virgilio?", exclamó Miguelito.

"Bien, muchachos", empecé, "esto es lo que dijo: *Vamos cantando hasta donde nos alcance el camino; así el camino será menos tedioso*". "¡Que buena idea, hermano Mateo!", dijo Antonio, "¿Pero... que cantaremos?". "Tomando en cuenta, muchachos, lo bien que nos ha cuidado el Señor hasta ahorita en este viaje, porque no cantar...*Tiene El Mundo Entero En Sus Manos*". "¡Excelente!", exclamó Miguelito, "¡Esa es una de mis canciones favoritas! ¿Puedo empezar?". "Por supuesto, Miguelito...gracias por tu entusiasmo", le contesté. Y enseguida empezó a cantar Miguelito:

Tiene a Mon-te-ci-to...en sus manos;
Tiene al amigo Con-ten-to...en sus manos;
Tiene a Mi-gue-li-to...en sus manos;
¡Lo tiene al mundo entero en sus manos!

"¿Ves aquellas casitas allá abajo, hermano?", preguntó Antonio, "ese es San Marcos". Antonio señalaba a una pequeña aldea ubicada en un vallecito muy acogedor. Llegando a San Marcos fuimos directamente a la casa de Mario Puente y en menos de diez minutos después de decir "adiós", a Miguelito, Montecito y Contento, salimos a la famosa Reserva Biosférica de Montes Azules.

"Dime, hermano Mateo", empezó a decir Mario, mientras avanzabamos por el camino que nos llevaría a la selva Lacandona, "alguna vez has estado en la Reserva Biosférica de Montes Azules?" "No, Mario", le contesté, "y tu... ¿si has estado allí?". "Si, hermano", contestó Mario, "¡alli naci!". Mario era un hombre de edad media, y como Antonio, también Maya Lacandón. "Es muy hermoso, hermano... ¡te va a gustar!", declaró Mario. "¿A qué aldea te diriges?", indagó Mario. "Voy a la aldea de Antonio", le contesté. "Oh... entonces te diriges a la aldea de Santa Maria de Guadalupe. ¡Esa tambien es mi aldea!", comentó Mario.

"Hablando de Santa María", dijo Antonio, "¿porque no rezamos juntos el Santo Rosario, como hacemos cuando viajamos con el Padre Bill? Podemos pedirle a la Virgencita que nos acompañe y nos proteja para llegar con bien a nuestro destino". "Me gusta mucho esa idea, Antonio", le dije. "Si...a mi también", añadió Mario, "necesitamos a 'La Morenita', Nuestra Señora de Guadalupe, que cuide mi camioneta; he tenido algunos problemas recientemente". "¿Cuantos anos tiene tu camioneta, Mario?", le pregunté. "Bueno, hermano Mateo, realmente no es tan vieja; cincuenta años es viejo... y mi camioneta solo tiene cuarenta y un años." "¡Wow! En ese caso, Mario", le dije, en un estado de shock, "no te voy a preguntar cuantos kilometros lleva acumulados". "Demasiados, hermano Mateo, realmente... ¡demasiados!", contestó Mario.

Mario aprovechó las tres horas que se llevó nuestro recorrido para contarme algunos antecedentes referente a la Reserva Biosférica de Montes Azules. Me contó que se había establecido en 1978 siendo la primera reserva biosférica de México, y fue financiada en 1992 utilizando el fondo ambiental global del Banco Mundial. El programa ambiental de las Naciones Unidas da reconocimiento a la reserva por su significancia biológica y cultural a nivel mundial.

Mario añadió que por su tamaño y biodiversidad, *Conservation International*, de Washington, D.C. – un grupo ambiental, designó el sitio como punto clave en términos de "biodiversidad". Dijo que la biosfera contiene un gran número de especies en peligro de extinción, como el guacamayo rojo, el tapir, el mono araña, y el cocodrilo de pantano. También es el hogar del jaguar; el felino más grande de las Américas y el tercero más grande a nivel mundial.

Escuchando a Mario compartir toda esta información fantástica de su tierra natal, fue obvio que el estaba muy orgulloso de la hermosura natural y la importancia de los Montes Azules. Sin embargo, en ese momento no me impresionó mucho su descripción de la Reserva. No fue por falta de una apreciacion estetica, solo que yo no podía apreciar suficiente y apropiadamente el valor y el significado de la naturaleza; no entendía lo precioso que es, y ciertamente no lo consideraba un obsequio.

Pero gracias a Agustín, De Las Casas, Padre Bill, y los pobres, me encontré en camino a una renovación personal y espiritual que tanto necesitaba. Empecé a reconocer lo ciego que estaba cuando se trataba de la gente pobre y la naturaleza. Por la gracia de Dios, mi mente y mi corazón se abrían hasta que pude honestamente admitir la insensibilidad grosera de mi antiguo estilo de vivir; un estilo de vida en el cual yo avanzaba no de gracia a gracia...pero de avaricia a mayor avaricia.

"Hermano Mateo", preguntó Antonio, "¿te contó Padre Bill lo que le pasó a mis padres?". "No, Antonio", le contesté. "Mi madre murió cuando yo nací... y siete años después, falleció mi padre cuando se le reventó la apéndice; no lo pudieron trasladar al hospital a tiempo". "Lo siento mucho Antonio", le dije, "estoy seguro que los extrañas mucho". "Si...si los extraño", contestó Antonio, "pero Dios me ha dado una nueva y hermosa familia en el orfanatorio. Cuando lleguemos a mi aldea, conocerás a mis abuelos paternos. Son muy generosos y compartirán todo lo que tienen contigo. Mi abuela hace unas ricas tortillas de maíz... ¡te encantaran!" "Estoy seguro que si, Antonio", le contesté, "y estoy ansioso por conocer a tus abuelos. ¿Hablan español?".

"Si, hermano", contestó Antonio, "va ser posible charlar con ellos. Mi abuelo, Raúl, es un hombre muy espiritual. Te va a encantar y el tambien estará muy contento contigo". "¿Cenaremos con tus abuelos a la noche?", le pregunté. "Si, hermano", contestó Antonio. "Mis abuelos, hermano, tienen una profunda apreciación por la sabiduría... pero no saben leer. ¿Trajiste tu copia de las Confesiones en Latín, hermano?". "Si, Antonio...seguro que si", le contesté. "Hermano, si no es mucha molestia... ¿crees que sería posible después de la cena que les leas un poco de las Confesiones a mis abuelos? Estarían tan contentos si pudieras compartir un poco de la sabiduría que tiene ese libro con ellos. Padre Bill siempre les lee algo después de la cena cuando está con ellos". "Por supuesto, Antonio", le contesté, "me suena como un buen plan... ¡un plan maravilloso por cierto! Quizás lo que podemos hacer, si gustan tus abuelos, es lo siguiente: puedo leer un pasaje del libro y luego, lo podemos discutir". "¡Seria magnifico, hermano!", exclamó Antonio, "eres muy innovador, hermano Mateo; nunca jamás hemos tenido una discucion despues de la lectura. Les va a encantar a mis abuelos. ¡Vas a ser famoso en la aldea de Santa Maria de Guadalupe, hermano Mateo!".

"Estoy contento de que te gusté la idea, Antonio," le dije, "y estoy especialmente contento de que tu pienses que mi idea les va a gustar a tus abuelos. No quiero entrar a Santa Maria como un toro en una *tienda de Lladró*". "Te puedo asegurar, hermano", dijo Antonio, "no vas a ofender a nadie. Al contrario, la gente se dará cuenta de cuánto los amas porque saben lo difícil que es, especialmente para un extranjero, venir a Santa Maria. Y, a pesar de eso, tuviste la voluntad de hacer el sacrificio con tal de visitarlos".

"OK, hermano Mateo", anunció Mario, "ya casi hemos llegado. En dos o tres kilómetros llegaremos al entronque donde comienza el sendero que nos llevará a la aldea de Santa Maria de Guadalupe".

Capítulo 12

"¿Ese es el sendero?", exclamé, "A duras penas me parece ser sendero. Lo único que veo es un pequeño espacio entre dos arbustos grandes. ¿Estás seguro de que este es el sendero?". "Si, hermano", contestó Mario, "está algo crecida la vegetación ahorita...pero por eso les traje un machete a cada quien. No te preocupes; más adelante se abre un poco el camino". "Wow... no hay señalamiento ni nada. ¿Cómo es posible que alguien lo encuentre?", pregunté.

"Cuando es el camino que te lleva a casa", contestó Mario, "de alguna manera lo encontrarás... no importa lo escondido que aparenta estar". "Que hermoso pensamiento, Mario", le dije, "me has dado algo maravilloso en que reflejar mientras viajamos por este sendero misterioso". "Te vas a dar cuenta, hermano", dijo Mario, "que las montañas, el bosque y la sencilla manera de vivir de los Maya ofrecen muchas oportunidades para meditar".

Palabras más ciertas jamás se han dicho... al menos para mi. El momento que abandonamos el camino para entrar al sendero que nos llevaría quién sabe a dónde, fue como si hubiera entrado a un nuevo mundo; un mundo que fue creado específicamente para meditar y contemplar. Inmediatamente empecé a pensar en el tema que Mario me había dado... *el camio que te lleva a casa*.

¿Sería que, de un punto de vista existencial, estaba yo en el camino que me llevaría a casa? Muchas veces me había dicho Padre Bill que yo iba sobre un nuevo camino y me indico que sería el camino que me iba a llevar a donde Dios quería que yo estuviera. Como persona, yo estaba cambiando drásticamente. Mi manera de pensar y como veía la vida, mi manera de valorar las cosas, mis prioridades y demás... todo esto estaba en un proceso de despertar y de transformación completa.

El sendero que seguía con Antonio me llevaba a un lugar prácticamente desconocido para mi. De hecho, si algo le pasará a Antonio, yo estaría totalmente perdido en el corazón de la selva Lacandona. Y aun, allí me encontraba siguiendo a un adolescente Maya hacia lo que para mi era un verdadero misterio. ¿Es así cómo alguien llega a casa? Posiblemente. Luego recordé lo que dijo Jesús de como para encontrar la vida hay que perder la vida y me puse a pensar; no fue esa la esencia de lo que Mario quiso decir cuando al describir el sendero a casa, dijo: *De algún modo, la persona lo encontrará... no importa lo oculto que aparente estar.*

Luego, empecé a pensar de la gente Maya que había conocido: Rosario, Antonio, y Mario. ¿Como podria yo a empezar a entender su maravillosa intuición natural y su habilidad para entender de inmediato conceptos y realidades espirituales muy profundos? Jamás, habia visto algo semejante. Yo sabía que Alejandro el Grande fue estudiante de Aristóteles pero casi parecía que los Maya habían tenido al mismo Sócrates como su tutor (Sócrates fue maestro de Platón y Platón, maestro de Aristóteles). ¿Cómo se sentiría vivir en una aldea llena de gente tan profunda y espiritual?

"Hermano Mateo", llamó Antonio, "¿Puedes venir? Quiero señalarte algo". Antonio llevaba la delantera e iba como cinco metros adelante. "Si, Antonio... ¿que pasa?", le respondí – acercándome rápidamente a su lado. "Quiero mostrarte por que jamás debes de abandonar el sendero"; empezó a decir Antonio, "parate aqui y no te muevas para nada". Antonio avanzó unos pasos a una distancia de aproximadamente dos metros y, usando su machete, apuntó a la tierra directamente frente de él: "Parece ser tierra firme... ¿no crees hermano?". "Sí... eso parece, Antonio", le contesté. "Fijate", dijo Antonio. Luego, usando su machete, empezó a cortar a tajos la vegetación que cubría la tierra.

En menos de cinco segundos, con solo tres o cuatro golpes de su machete, quedó descubierto un enorme hoyo en la tierra. Tenía un diámetro de dos metros con por al menos cinco metros de profundidad. "Estos pozos se encuentran por toda la selva, hermano", dijo Antonio, "esta es una de las razones porque tenemos una serie de senderos que se han usado por siglos". "¡Wow, Antonio!", exclamé, "muchas gracias por mostrarme esto. Ya van varias veces que he sentido la tentación de desviarse del sendero para ver algo que me llamó la atencion. ¡Me alegro de no haber cedido a mi curiosidad!" "Conozco el sendero muy bien, hermano", dijo Antonio, "y este es el único pozo cerca del sendero, y no llevabas peligro. Pero te puedo asegurar, hermano, hay muchas otras buenas razones para permanecer sobre el sendero y lo sabrás en su tiempo debido".

"Antonio... ¡es asombroso!", exclamé, "me acabas de dar la idea para un tema en cual ir pensando durante el resto del recorrido: *buenas razones por cual seguir en nuestro camino a casa*". "Me alegro de que estés disfrutando la caminata, hermano", contestó Antonio, "llegaremos a Santa Maria en menos de una hora. Cuando lleguemos a la aldea, te llevaré a la casa misionera para que descanses un poco antes de cenar. ¿Tendrás algun inconveniente, hermano, si mis abuelos invitarán algunos amigos y parientes a la cena? Cuando les diga que les vas a leer y que después de la lectura habrá una discusión sobre el tema, van a querer compartir esta rara oportunidad con los demás".

"No...yo no lo veo como un inconveniente, Antonio", le contesté, "que idea tan hermosa. Sería una magnífica oportunidad para conocer algunas personas de Santa Maria". "Hermano... ¿te dijo el Padre Bill lo que él hace cuando viene de visita a Santa María?", preguntó Antonio. "Todo lo que me dijo, Antonio", le contesté, "es que el propósito de su visita a la aldea es para celebrar Misa". "Sí", agregó Antonio, "el celebra la Santa Misa. Pero también visita a varias familias que están luchando de alguna forma. A veces, la familia llega a la casa misionera para platicar con el misionero. Nada mas te digo esto, hermano, porque sospecho que la gente espera que hagas los mismo. Si no lo quieres hacer, no es fuerza que lo hagas. Puedes decir que estas cansado y necesitas reposo".

"Oh... no, Antonio, yo si lo quiero hacer"; exclamé, "qué mejor manera de pasar el tiempo en la aldea que usarlo para conocer a la gente". "¡Esto es maravilloso, hermano!", exclamó Antonio, "Le dará mucho gusto a la gente poder conocerte. No tienes idea cuanto significa este tipo de visita para ellos. Cuando los visites, sentirán como si el mismo Jesús está de visita con ellos".

Cuando Antonio dijo esto, lo unico que podia pensar era... ¿que pensará la gente de mi si supiera quien verdaderamente era yo? Benjamin Lake... el avaro, despiadado billonario que estaba listo y dispuesto para echarlos de sus hogares y destruir su precioso ambiente para ganar algo de dinero... ¡dinero que yo definitivamente no necesitaba! Y pensar que gente de la misma calaña que yo ven a esta gente pobre, especialmente los indígenas, como carentes de formación social, refinamiento, educación... y hasta moralidad. ¡Que hipócritas somos! ¿Que se puede considerar de menos gracia, menos refinamiento, menos inteligencia o moralidad que lo que yo preparaba hacerle a ellos?

Además...a pesar de una percibida falta de refinamiento, según alguna medida mal fundada, yo preferiría ser así que ser sumamente malvado...que es justo lo que yo era. Empecé a reflejar sobre mi vida... ¿cuando fue que el dinero se convirtió en un ídolo para mi? ¿Cómo es que me volví tan frío y despiadado, tan egoísta e insensible... tan indiferente a los necesitados? Ya iba en camino hacia un intento absurdo de *"servir a dos amos"* (Mateo 6:24)... después de haber permitido que se desintegra mi vida interior. Perdido y carente de dirección por falta de una brújula moral, fui vulnerable... y solo era cuestión de tiempo pero tendría que caer. No recuerdo en toda conciencia haber escogido el mal. Pero, si... recuerdo haber abandonado a Dios. Así es que, con el trauma de la muerte de mis padres, me encontré en la villa rápida hacia el mal. Sin embargo, por la gracia misericordiosa de Dios, allí me encontraba; en camino de regreso a casa...guiado por un niño. (Isaías 11:6)

Avanzando por el camino, cada vez penetrado más profundamente en la selva, parecía que había pasado por el espejo de *Alicia en el país de las Maravillas* a un nuevo mundo exótico... repleto de maravillas de todo tipo. "Hermano", llamó Antonio, "mira esas hermosas flores amarillas y moradas allá". "Si, Antonio", le contesté, "las veo... ¡son maravillosas!". "Nosotros los Maya", continuó Antonio, "creemos que las flores son una de las maneras que Dios nos dice que nos ama". "Ya lo sabia", me pensé, "que efectivamente, habíamos pasado por ese espejo mágico de Lewis Carroll y entrado a su famoso *Jardín de Flores Vivientes*... donde las flores pueden hablar. La diferencia, sin embargo, es que este Elíseo es aún de más encanto que el de Alicia en el país de las Maravillas; aquí, no nada mas hablan las flores, pero hablan por Dios ... ¡comunican un mensaje espiritual!".

Antonio se detuvo permitiendo alcanzarlo: "Mira allá arriba hermano", dijo Antonio, apuntando a una rama de un árbol cercano, "¿Ves a esa ave de colores brillantes con el pico grande de color naranja?". "Sí, lo veo Antonio... ¡es increíble! ¿Que tipo de ave es?", le pregunté, emocionadamente. "Es un tucán"; contestó Antonio, "llegarás a descubrir, hermano, que mi gente tiene gran apreciación de las aves. Nos encanta escucharlas cantar porque nos hacen sentir que sus cantos están para enseñarnos lo que es la belleza del cielo".

"Tienes una hermosa relación con la creación divina Antonio", le dije, "temo que mi relación con la naturaleza es... bueno, digamos que está en seria necesidad de desarrollo; y eso se me hace poco". "Quizás", agregó Antonio, "es por esa misma razón que Dios te lleva a que conozcas mi gente en los Montes Azules. La biblia dice que Dios tiene un lugar muy especial en su corazón para los huérfanos, las viudas, y los abandonados. No eres viudo, pero los otros dos... creo que si". "Tienes razón, Antonio", le contesté, "soy un huérfano y ciertamente también un desconocido para estas montañas y para la gente de Santa Maria de Guadalupe".

Capítulo 13

A veces, el sendero medía aproximadamente cuatro metros de ancho y estaba más o menos nivelado... haciendo fácil nuestro caminar. Otras veces, el sendero era algo estrecho – de metro y medio por mucho – y muy inclinado, rocoso y largo; digamos... lo largo de un campo de fútbol. Esos tramos eran difíciles. en una ocasión, mientras ascendíamos por uno de esos tramos traicioneros e inclinados, nos cruzamos con dos mujeres Maya que venían bajando por el sendero con un grupo de niños pequeños. Todos iban descalzos, y lidiaron con ese sendero mojado y resbaloso tan bien que parecía que daban un paseo dominical por la famosa avenida, *Des Champs-Élysées,* en París, Francia.

Después de un par de horas, nos topamos con otra de esas secciones estrechas e inclinadas, de lo cual no estaba muy contento. "Hermano Mateo", anunció Antonio, "ya casi hemos llegado. Cuando lleguemos a la cima de esta loma, estaremos en mi aldea". "Me da mucho gusto oír eso, Antonio", exclamé, "estoy con ansias de encender el abanico y colapsar en el catre de la Casa Misionera". "Hermano", dijo Antonio, "siento decepcionarte, pero no hay electricidad en Santa Maria". "Oh...eh...si...por supuesto; Padre Bill mencionó que la casa misionera era una choza de paja. Pero se le instaló cañería y hay agua... ¿correcto?". "No, hermano", dijo Antonio, "usamos el retrete fuera de casa y tomamos agua de lluvia".

"OK", le dije, aparentando ser positivo, "no hay nada malo con una poca de agua de lluvia de vez en cuando. En cuanto al retrete fuera de casa...algunas viviendas rurales en los Estados Unidos todavía las usan; no pasa nada". "Te va a encantar mi aldea, hermano", dijo Antonio, "la Santa Virgen de Guadalupe y Juan Diego te cuidarán". "¿Quién es Juan Diego?", le pregunté. "Es el patrón de la gente indigena", contestó Antonio, "Es el hombre indígena que la madre de Dios escogió como su mensajero. Ella lo envió para comunicarle al obispo Zumárraga su deseo que se le construyera un templo en el cerro llamado Tepeyac". "OK... ya lo recuerdo", le dije, "él fue el que llevaba la imagen de Maria que milagrosamente apareció en su poncho". "¡En su *tilma*, hermano!", añadió Antonio.

Finalmente llegamos a la cima de la colina y nos detuvimos para tomar aire. Después de haber descansado cinco minutos, Antonio dijo: "Lo logramos, hermano. Hemos arribado...esta es la aldea de Santa Maria de Guadalupe". Vi a mi alrededor: "Todo lo que veo es bosque pluvial, Antonio... ¿donde está la aldea?". El señaló un estrecho sendero de un metro de ancho: "Sígueme", me dijo.

Caminamos con dificultad por ese estrecho sendero y luego, después de unos diez metros...apareció ante nosotros, ubicada en el sereno valle de una montaña, la pintoresca aldea Maya de Santa María de Guadalupe. "¡Wow, Antonio!", proclamé, "¡tu aldea es completamente tradicional! Cada vivienda se ha construido de materiales naturales. Esperaba ver más casas de concreto". "Hermano... ", comentó Antonio, "¿quien va a cargar cientos de bloques de cemento por esos senderos estrechos y peligrosamente inclinados que acabamos de atravesar?". "De seguro... ¡no voy a ser yo, Antonio!", le declaré. "Las paredes de las chozas están hechas de ramas cortadas a la medida y atadas juntas", exclamó Antonio, "y los techos están compuestos de múltiples capas de hoja de palma. Mi gente ha desarrollado un método especial para acomodarlas que se ha usado por cientos de años. Vas a ver, hermano; aun cuando llueve fuerte... hay muy pocas goteras".

"Es asombroso, Antonio", le contesté, "ya veo que esta experiencia va ser extremadamente interesante". "Puedes contar con eso, hermano", dijo Antonio, "aquí tendrás una experiencia con Dios". "Es exactamente lo que dijo Padre Bill, Antonio", le contesté, "y tu, Antonio... que sientes al estar de regreso en tu aldea?". "Me siento muy cerca de Dios cuando estoy aquí, hermano. Siento la misteriosa presencia de Juan Diego y la Virgencita. Ven, hermano... te llevaré a la casa misionera para que descanses antes de cenar".

Caminamos por el centro de la aldea por una vereda de tierra, en ruta a la casa misionera; que estaba adjunta a la capilla de la Misión y estaba conectada por una pasarela al estilo de la Familia Suiza Robinson. Me sorprendí por solo haber visto dos o tres personas, unos pocos perros, unas gallinas, dos burros, y un cerdo. "¿Dónde están todos, Antonio?", le pregunté, "esto parece un pueblo fantasma". "Oh... por aquí andan, hermano. Tratan de escapar del calor lo más posible; así es que, o están en el bosque trabajando o en sus casas descansando".

"Bueno pues", le dije, "creo que ya me estoy enculturando porque es exactamente lo que estoy planeando hacer... ¡descansar!". "¿Ves aquella casa adelante, con la cruz arriba, hermano?", preguntó Antonio, "Esa es la capilla. La estructura a su derecha es donde te vas a hospedar. Yo regresó por ti cuando la cena esté lista. La casa de mis abuelos está a una corta distancia de la casa misionera. No olvides traer el libro hermano". "No lo olvidaré, Antonio", le contesté, "estoy deseando que llegue esta noche". "¿Ya sabes que sección vas a leer?", preguntó Antonio. "No... aun no, Antonio", le contesté, "pienso escoger algo apropiado después de la cena". "Magnifico, hermano...estoy en ansias", exclamó Antonio.

La casa misionera estaba tal como me la había descrito Padre Bill. El catre de lona tenía una sábana blanca, una frazada, y una almohada. Estaba una biblia sobre un pequeño escritorio; el estante para libros, semiterminado, al lado del escritorio, contenía un número de cosas interesantes. Había un libro sobre San Juan Diego, y otro que contaba la historia de Bartolomé de la Casas; dos libros sobre San Francisco; un manual detallando el idioma Maya; y un directorio de toda la flora y fauna de la reserva que completaba el contenido de esta pequeña biblioteca de selva. Allí también había algunos artículos útiles como repelente, velas y fósforos almacenados en un contenedor hermetico de plastico.

Me colapsé en el catre fijando la vista en el techo de paja. Me puse a pensar: "¿Cómo es que un techo que consiste solo de hoja de palma puede proteger de la lluvia?". Era obvio que el techo era eficaz porque el piso de tierra estaba completamente seco. Las pequeñas lagartijas que entraban y salían entre las varias capas de hoja de palma, parecían disfrutar de la protección que el techo también les daba. Pero la protección de la lluvia, aunque claramente era un logro enormemente importante, era insignificante comparado a la nueva amenaza que enfrentaba a la gente, la cual, si no se elimina, significaba el fin de su estilo de vida tradicional. Ninguna cantidad de hojas de palma sería suficiente para detener el avance de un codicioso consorcio petrolero de corazón frío.

Pensando así, pude ver que la belleza natural del bosque pluvial, combinado con la sencillez de la cultura Maya, me estaba convirtiendo en un contemplativo. Mi mente se relajaba y mis pensamientos se profundizaron aún más en mi corazón. Sentí que mi alma se expandía y que mi libertad interna se restauraba. "Si a San Cristóbal le llamaban...*El más mágico de los Pueblos Mágicos*'... ¿cuál sería el título honorífico más apropiado para un lugar tan maravilloso como Santa Maria de Guadalupe?". Me puse a pensar. A manera de que contemplaba esta cuestión, caí en un profundo y tranquilo sueño.

"Despierta, hermano Mateo. Soy Antonio...ya es hora de cenar, hermano", anunció Antonio, suavemente, mientras tocaba la puerta de la casa misionera. "Voy para allá enseguida Antonio", le contesté, levantándome del catre, todavía vestido... ¡zapatos y todo! El sol bajaba y cientos de pájaros cantaban agitadamente buscando posicionarse en uno de los numerosos árboles que rodeaban la aldea... cada pájaro buscando conseguir el mejor y más seguro lugar posible para el largo reposo nocturno que pronto empezaría.

Se veía mucho más actividad en la aldea ahora que cuando recién llegamos. Pasamos cinco casas, cada una con un buen número de personas. Antonio saludaba a la gente que pasabamos y muchos de ellos me dieron la bienvenida... a pesar de que no estaban seguros de quién era: "¡Hola, Padre...bienvenido!", me gritaban, reconociendo el habito Franciscano. Era la hora de cenar y todos regresaban a sus casas de sus trabajos o actividades.

El dulce aroma de leña quemando estaba presente en el aire.

"Esta es la casa de mis abuelos, hermano", declaró Antonio, orgullosamente. Su abuela, Monica, se encontraba cocinando sobre una fogata enfrente de la casa. La saludamos y entramos a la casa donde nos encontró su abuelo, Raul, y otros cuatro parientes. Después de una breve charla amigable, empezó a llegar a la mesa el alimento. Y para aprovechar que estaba caliente, empezamos a comer de inmediato.

Cuando menos una hora estuvimos disfrutando de los más deliciosos frijoles y arroz con pollo que jamás habia probado. Antonio tenía razón; las tortillas de maíz, recién hechas y calentitas... ¡estaban sin igual! De postre, disfrutamos un plato de papaya y plátano rociado de miel de abeja. No era el restaurante Lum del Hotel Bo... ¡era superior! La sencillez y sinceridad de los anfitriones era absolutamente encantador. Jamás había experimentado tal hospitalidad. Me sentí como si fuera verdaderamente uno de la familia. En México, hay un dicho muy conocido: *mi casa es su casa*. En los Estados Unidos, dado al desenfrenado y agresivo individualismo, la mentalidad es como: *mi casa es mi casa... ¡y su casa es mi casa también!*

Pero, en Santa Maria de Guadalupe, el espíritu de hospitalidad va más allá de ser un simple gesto loable como es el compartir la casa con un invitado. En Santa Maria, el hogar no se consideraba tan importante... al menos, no era de primera importancia. Las vibras que capte de la familia de Antonio me decían que...ahora, porque Dios te envió a visitarnos, te pertenecemos y tú nos perteneces. En otras palabras, querían compartir sus vidas...no solamente su hogar.

Me conmovió tanto esta inocente expresión de

auténtico amor, que pensé por un momento que me vencería la emoción y me encontraría en la incómoda posición de crear una escena al tener que quitar las lágrimas de mis ojos. A la misma vez, pude sentir que si aún hubiera llorado, no lo hubieran percibido como algo negativo. Asombrosamente, ocurrió lo opuesto; me encontré rebosante de una alegría profunda que surgió misteriosamente de un lugar desconocido dentro de mi ser. Pero... ¿cómo puede ser posible? El incidente me recordó la extraordinaria y perplejante experiencia que tuve con Rosario cuando visitamos las iglesias en San Cristóbal.

Después de la cena, Antonio puso una silla a una distancia de la mesa para mi: "Aquí es donde se sienta el Padre Bill cuando nos lee. ¿Estás listo, hermano?", preguntó Antonio. "Ya mero, Antonio...yo mero. ¿Va a venir alguien más?", le pregunté. "Si... vienen cinco personas más. Llegarán en cualquier momento", contestó Antonio. "¡Magnífico! Parece que tendremos casa llena", le proclamé. "Realmente... no, hermano", contestó Antonio, "El Padre Bill normalmente tiene como veinte personas. Probablemente mañana en la noche tendrás unas veinte personas".

Tomé mi copia de Las Confesiones de San Agustín en Latin y lo abrí esperando encontrar algo apropiado para compartir con mi pequeña "Congregación". "¿Que es esto?", murmuré en voz baja, "¿Qué libro es este? Está en Inglés. No es Las Confesiones". Rápidamente lo abrí: "*¿Las Pequeñas Flores de San Francisco?* Jamás había oído de este libro. ¿Cómo es que sucedió?". Al despertar de mi siesta, seguramente no estaba bien despierto y terminé tomando el libro equivocado. Como dice el antiguo dicho: *El hombre propone, y Dios dispone.*

Regrese a la página que originalmente vi. Era el capítulo XXVI: *Como San Francisco había logrado la conversión de ciertos ladrones y asesinos que se habían convertido en frailes.* Me sonó lo suficiente interesante como para empezar a leer: *"En aquel tiempo, había tres ladrones famosos en aquella parte del país, que hacen muchas maldades en toda la vecindad".* La historia sigue relatando como un cierto fraile se había rehusado a darle a los ladrones alimento cuando llegaron rogando a su puerta. San Francisco, llegó a casa poco después cargando una pequeña bolsa que contenía pan y vino que le habían dado al pedir limosna, y reprobó al fraile por haberles negado alimento a los ladrones simplemente porque eran pecadores.

Luego San Francisco le entregó al fraile las provisiones que acababa de recibir y le ordenó buscar a los hombres que había corrido y, después de pedirles perdón, entregarles el pan y el vino. Le dio instrucciones al fraile de invitar a esos hombres a abandonar su estilo de vida destructivo y venir a vivir con los Franciscanos donde todas sus necesidades serán atendidas. A los criminales les impresionó tanto el amor y la humildad del fraile que aceptaron su invitación y se embarcaron en una vida completamente nueva como Franciscanos.

Mientras leía al grupo, no pude escapar de sentir que esta historia estaba destinada para mí más que para ellos. ¿No es que quizás yo, de alguna manera indirecta, era un ladrón y un asesino? ¿Cuanta gente inocente no habrá perdido dinero, y en algunos casos posiblemente hasta sus vidas, a raíz de negociaciones desconsideradas y despiadadas de las cual yo era responsable? Y, hasta apenas hace unas pocas semanas... ¿no es que estaría yo dispuesto a desplazar a esta bella gente sentada frente de mi sin pensarlo dos veces? Seguro que si... ¡lo hubiera hecho! ¡Les hubiera sacado los ojos diciéndoles que podrían ver mejor sin ellos! No cabe duda... era un egoísta y tan rapaz como los bandidos de la historia...sino peor; la propiedad que arrebate de otros no me hacía falta; fue una avaricia pura y desenfrenada.

A mi público le encantó el final... cuando los maleantes se transformaron en Franciscanos. Todos sonreían y unos cuantos suspiraban con asombro. Monica no pudo resistir de aplaudir suavemente. Uno de los adultos jóvenes presente, aprovechando la jovialidad del momento, me preguntó si había sido yo ladrón antes de ser Franciscano. Dado al ambiente juguetón del grupo, sabiendo que nadie lo iba a creer, les conté toda la verdad diciendo que había sido de hecho un estafador pero que ahora, como Franciscano, pido limosna a los que tienen...para poder darlo a los que no tienen. Todos se rieron. Aparentemente, el estar inmerso en la cultura Maya no había afectado en lo mínimo mi talento para salir de un apuro.

Pero la verdad era ineludible; aunque los que me escuchaban disfrutaron totalmente la lectura, la historia tenía un significado especial para mi, y me hablaba al corazón de una manera muy profunda. Antonio me dió una señal indicando que la lectura había sido un gran éxito y que ahora era el tiempo de iniciar la discusión. Esto resultó ser sumamente interesante. Por naturaleza, la gente Maya se inclina más a escuchar que a hablar... y yo había observado esta característica maravillosa en el orfanatorio. Pero me preocupaba que esa actitud funcionará en contra de una discusión candida y vibrante. Lo que descubrí fue bastante inesperado.

Empecé la discusión preguntando si habían disfrutado la historia. Algunos respondieron inclinando la cabeza en señal de que si, lo había disfrutado; mientras que otros sencillamente dijeron, "si". Luego, les pregunté: "¿Qué parte de la historia les gustó más?". Antonio alzó la mano como si estuviera en el salón de clase. "Si, Antonio", le dije. "Me gusta la parte donde se conmovieron y decidieron alejarse del mal para vivir una vida buena", declaró Antonio. "Si...a mi tambien me gusto esa parte", le dije.

El hecho que Antonio estaba participando en la discusión no era significante, porque siendo estudiante estaba acostumbrado a este tipo de intercambio. Sin embargo, después de que habló Antonio, se escuchó un silencio ensordecedor de por lo menos dos minutos, y creemelo, en ese contexto en particular... ¡dos minutos parecía una eternidad! Consideraba concluir la "discusión" cuando empezó a hablar Raul: "Hermano Mateo, muchas gracias por su visita esta noche y por compartir esa hermosa historia; disfrute la historia inmensamente. La parte de la historia que llegó más hondo en mi corazón fue cuando San Francisco mostró una profunda preocupación por las almas de esos hombres malvados. Se sintió totalmente responsable de ellos; tanto que estaba dispuesto a pasar hambres a cambio de tener la posibilidad de guiarlos a la salvación. Me hizo recordar lo que Jesus le dijo a sus discípulos en Juan 4:32, cuando le insistían que comiera algo, pero en su lugar, compartió con ellos su preocupación por la salvación de la mujer Samaritana: *Tengo un alimento que ustedes no conocen.*

¡No pude creer lo que acababa de oír! Me sentía como si fuera uno del pueblo natal de Jesús: *¿Cómo logró toda esa sabiduría? ¿No es el hijo del carpintero?* (Mateo 13:54-55). ¿Acaso no es un Maya Raul, nacido y criado en el bosque pluvial Lacandona? ¿Cómo puede ser que alguien, viviendo en una choza de paja con piso de tierra toda su vida, responda como lo hizo? Se pudiera esperar que una observación como la de él surgiera de la mente y el corazón, digamos... de uno de los Jesuitas de la iglesia de San Ignacio de Loyola, del lado este superior de Manhattan; una iglesia que mi familia visitaba de vez en cuando durante mi niñez.

Después del comentario de Raul, hubo un minuto de silencio, luego, un joven adulto llamado Juan, que aparentaba tener más de veinte anos, empezo a hablar: "Me recuerda esta historia de cuando San Francisco domo al lobo que aterrorizaba el pueblo de Gubbio. La paz y el amor de San Francisco salvó no mas al lobo, pero a los residentes del pueblo también. La misma 'radiación del bien' ocurrió en la historia que nos acaba de leer. La conversión de los ladrones no fue solamente para *su* bien... también fue una bendición para todos los que vivían en ese lugar. Nos demuestra como un singular acto de caridad se puede convertir en algo bueno para un sin fin de gente".

"¡Esto, realmente, no puede ser!", pensé, "Como si no fuera lo suficiente espectacular lo que Raul observo, ahora me encontré con un segundo virtuoso espiritual en mi pequeño grupo". De nuevo... después de una larga pausa de minuto y medio, empezó a compartir su pensamiento una joven llamada Carmen. Era una mujer que hablaba suavemente, a tal grado que a veces tenía que esforzarme para oírla: "Lo que yo observé en esta historia, hermano Mateo, es como San Francisco se enfoca en la santidad. Su preocupación por las almas de los forajidos era total; estaba determinado a acercarlos a la santidad. Sabía perfectamente bien que todos estamos creados para, y llamados a... la santidad; que ser uno con Dios es nuestra principal vocación en esta vida. Fue hermoso ver que a raíz de su profunda fe en la santidad, San Francisco había logrado la conversión en los más improbables".

Habiendo sido testigos de la brillante contribución de Carmen a la discusión, era claro que la profunda espiritualidad de Raul no fue algún tipo de anomalía sino que de hecho, esta era una aldea repleta de maestros espirituales. Después de Carmen, hubo una pausa de cinco minutos. Solo permanecimos sentados en el suave resplandor de las velas... escuchando los misteriosos sonidos emanando del bosque pluvial. Luego, persignándose de una manera discreta, me señaló Antonio que debía de concluir la reunión con una oración.

El único rezo que pude recordar fue el Padre Nuestro. Así que... cerré el libro, me enderecé y empecé: "Padre nuestro...".

Capítulo 14

La mañana siguiente me dirigí a casa del abuelo de Antonio para desayunar. Allí estaban Raul, Monica y Antonio disfrutando unos tacos mañaneros de huevo revuelto y frijoles refritos. "Buenos días, hermano Mateo. Acompáñanos. ¿Te gustaría una taza de café?", ofreció Monica. "¿Tienes hambre, hermano?", preguntó Raul. "Tenemos unos deliciosos tacos mañaneros para ti". "Si...gracias, tengo hambre", le contesté. "¿Dormiste bien hermano?", preguntó Antonio. "¡Como un bebito, Antonio!", le respondí.

"Si gustas hermano, después del desayuno, podemos empezar a visitar a la gente", comentó Antonio. "Seguro...me suena bien, Antonio", le contesté. "La primera casa que pienso que debes visitar es el hogar de un niño de diez años que sufrió una picadura de una serpiente venenosa hace seis meses y aun está en cama convaleciente sin poder caminar", dijo Antonio. "Wow, Antonio, me parece demasiado tiempo de estar deshabilitado por picadura de serpiente", le exclamé. "Si, hermano, lo es", respondió Antonio.

"Mira hermano", explicó Antonio, "este caso en particular es más complicado que una picadura de serpiente común y corriente. El niño se llama Gustavo, pero todos cariñosamente le llaman Tavito. Tavito y su hermanito de ocho años, Cuitláhuac, quien todos le llaman Cuit, salieron al bosque para juntar leña. Cuando Tavito levantó unas ramas secas, recibió una picadura en su dedo índice de una pequeña pero muy venenosa serpiente. Nos entrenan desde muy temprana edad, hermano, lo que debemos hacer para sobrevivir percances de esa naturaleza. Tavito inmediatamente colocó su dedo sangriento sobre un tronco y le ordenó a su hermanito que se lo cortará con un fuerte golpe de machete".

"¡No me estás hablando en serio!", le exclamé, "¿Realmente le cortó Cuit el dedo a su hermano?". "Si", contestó Antonio, "lo tuvo que hacer o su hermano se hubiera muerto". "¡Que experiencia tan traumática para ambos, Antonio!". "Fue horrible hermano, pero ahora la aldea ve al pequeño Cuit como héroe. Todos le dicen que si no fuera por su fuerza y su valor de hacer lo que hizo...Tavito hubiera muerto. Todos le quieren recordar que hizo algo bueno... ¡salvó una vida! Porque cuando alguien hace algo semejante, frecuentemente viven la vida sintiéndose culpable por haber mutilado a un ser querido".

"Vamos a ver a Tavito, Antonio", le dije, "¿crees que Cuit está allí?". "Si... allí estará", contestó Antonio, "Cuit le ayuda a su hermano con todo". Antonio siguió contándome que uno de los problemas más grandes para los de la aldea es que el hospital más cercano está en San Cristóbal a una distancia de aproximadamente cinco horas. Mucha gente, incluyendo el padre de Antonio, han fallecido por esa misma razón. Es también la razón porque Tavito permanece en un estado debilitado. Los líderes de la aldea han solicitado la construcción de pequeñas clínicas más cerca de donde vive la gente...pero nunca han atendido estas súplicas.

Cuando llegamos, los dos hermanos estaban solos en la casa; aparentemente sus padres andaban en el campo atendiendo su cosecha de frijol y maíz. Tavito estaba acostado en su catrecito y Cuit estaba sentado cerca de él en un banquito de madera. "Hola... mi nombre es Hermano Mateo. ¿Cómo te sientes Tavito?", le pregunté. "Me siento bien hermano... pero no tengo fuerza", contestó Tavito. "Te comprendo, Tavito", le dije, "Dios tiene la fuerza, Tavito, y la va a compartir contigo en su tiempo debido. Lo se porque lo hizo conmigo en una ocasión. Se paciente... te vas a aliviar". La casa estaba oscura y olía a humedad. Le pregunté a Tavito si podía caminar y él me dijo que estaba muy débil. "¿Has salido afuera a tomar sol?", le pregunté. "No", respondió Tavito. "Es un día hermoso... ¿te gustaría salir afuera?", le pregunté. "¡Si!", contestó Tavito, con entusiasmo, "pero como... yo no puedo caminar?".

"Te cargaremos con todo y tu catre", le contesté. Le pedí a Cuit y Antonio que levantarán una punta del catre mientras que yo levantaba la de más peso. Entonces juntos, sacamos a Tavito al sol y al aire puro. "¡Gracias! ¡Estoy muy feliz aquí!", exclamó Tavito. Estaba claramente encantado de poder ver una vez más los gloriosos y altos árboles del bosque... junto con una colección de aves coloridas y flores hermosas. Y a la distancia, los majestuosos picos de las montañas que rodeaban ese pacifico valle.

Mientras descansamos y admiramos esa maravilla de la naturaleza que nos rodeaba, Tavito notó algo: "¿Es un cordero lo que escucho?". "Si", contestó Cuit, "justo ayer lo recibió, como un obsequio, nuestro vecino". "¡Me encantaría verlo!", respondió Tavito, "¿Donde está... no lo puedo ver?". El cordero se encontraba a unos veinte

111

metros de distancia pero había numerosos arbustos entre él y nosotros. "Tavito, si quieres ver el cordero, tendrás que caminar; está muy lejos para cargarte. Antonio y yo te ayudaremos... ¿lo quieres intentar? Me parece que el cordero te llama. Creo que te quiere conocer".

"Si... ¡estoy seguro que me quiere conocer!", exclamó Tavito, "Vamos... ayúdame a prepararme; vamos a ver el corderito". Tavito se posicionó en el catre sentado con las piernas por un lado y sus pies sobre la tierra. Antonio y yo nos sentamos con él, yo de un lado y Antonio del otro. "Al contar tres, Tavito...nos paramos. ¿Listo?", le pregunté. "Sí... si puedo", contestó Tavito. "Uno...dos... ¡tres!". En un instante... los tres estábamos de pie caminando hacia el cordero.

El pequeño Cuit llevaba la delantera actuando a la misma vez como guía y porrista: "¡Estás caminando Tavito! ¡Vas muy bien! Por aquí...sigue; ahora un poco a la derecha. Con calma...ya mero llegas". Cuando llegamos al pequeño corral improvisado donde se encontraba el cordero, le dije a Tavito que se apoyará en el poste del corral: "¿Crees que puedes sostenerte parado aquí sin nuestra ayuda, Tavito?", le pregunté. "Si... yo lo puedo hacer", contestó Tavito... apareciendo estar firme sobre sus pies. "Aquí estoy, corderito", declaró Tavito, "me estabas llamando... ¡ahora ven aquí a saludarme!".

El cordero inmediatamente se acercó a Tavito poniendo sus patas delanteras sobre la cerca del corral para que Tavito pudiera acariciar su cabecita lanosa y blanca como la nieve. ¡Fue algo hermoso! Si no lo hubiera visto con mis propios ojos, probablemente no lo hubiera creído. Después de acariciar el cordero por unos diez minutos, decidimos regresar a la casa. "Tavito", empecé a decir, "te fue tan bien caminar hasta aquí... ¿te gustaria intentar caminar de regreso a casa sin ayuda? Antonio y yo estaremos a tu lado, así es que si necesitas ayuda, estaremos listos".

"Sí, hermano Mateo", respondió Tavito, "ahora ya puedo caminar...ya se que yo puedo; ¡vamonos!". Y en efecto si... ¡Tavito caminó a la casa! Cuit gritó: "Espera, Tavito... ¡tenemos que traer tu catre!". "Ya no lo necesito Cuit", contestó Tavito, "me voy a sentar en la silla". Tavito había regresado. Desde ese día en adelante, Tavito siguió mejorando con una rapidez increíble. En espacio de solo tres días ya se había recuperado.

Esa tarde mientras reposaba en la casa misionera, no podía más que pensar en lo que había acontecido. Tavito había llegado al borde de la muerte por un desafortunado accidente con una serpiente venenosa. Y luego, fue maravillosamente restaurada su salud por un encuentro con un tierno corderito. Seguramente fue obra de la providencia. ¿Con qué maravilla de lugar me había encontrado? Hasta el más humilde elemento de la naturaleza parecía estar imbuido con una capacidad de sanación.

Después de otra sesión fenomenal de lectura y discusión, algo raro ocurrió esa noche. El grupo había adquirido diez nuevos participantes, y el nivel de entusiasmo parecía estar creciendo. Un individuo llamado Tomás, se sintió lo suficientemente cómodo para hacer una pregunta que no tenía nada que ver con la lectura pero que, aparentemente, era de gran interés para muchos en la aldea.

"Hermano Mateo... ", empezó Tomás, "¿has escuchado los informes sobre el secuestro del empresario americano, Benjamin Lake?". "Si, estoy enterado del incidente, Tomás", le contesté calmadamente. Pero interiormente, me sentí nervioso... buscando el porqué de su pregunta. "Bueno, él ya lleva semanas perdido; ¿piensas que está bien?". "Sí, Tomás", le contesté, "yo pienso que probablemente está bien". "¿Por qué dices eso hermano?", pregunto Tomás. "Porque, Tomás, Dios es bueno", le declaré. "Por supuesto, tienes razón, hermano", exclamó Tomás, "Hermano... Antonio nos dijo que eras de Nueva York, y dicen que el señor Lake también es de Nueva York. ¿De casualidad lo conoces?".

"Sí, Tomás", le contesté...cautelosamente; sabiendo bien que llegaría el día cuando esta gente frente a mi se darían cuenta que el "Hermano Mateo", en efecto... era Benjamin Lake, "Yo lo conocí en un evento social en Nueva York hace unos años". "¿Como era él?", preguntó Tomás. "No tuve mucho tiempo con él, Tomás, pero me pareció ser un empresario moderno y emprendedor. Sin embargo, me topé con él de nuevo recientemente en la capilla de San Nicolás el día que desapareció, y me pareció ser muy diferente. Estaba allí solo, inmerso en oración".

Antonio me fijaba su vista, pero no aparentaba estar nervioso. Al parecer realizó que estaba preparando a la gente de la aldea para el día cuando les revelará la verdad. "Sabes hermano", empezó Tomás, "San Nicolás es la capilla que los indígenas deben usar; se construyó para nosotros. ¿Crees que el señor Lake pudo haber estado rezando por nosotros?". "No me sorprendería para nada, Tomás", le contesté, "pero también es posible que estaba pidiendo la intercesión de innumerables santos indígenas que han orado en ese sitio a través de los siglos".

"Hermano Mateo", dijo Tomás, "tengo una idea. ¿Porque no ofrecemos una oración por el señor Lake? Quizás estaba pidiendo la intercesión de nuestros ancestros fieles; pero nosotros, los indígenas vivientes, también podemos rezar por él. Parece ser un buen hombre y en este momento, tomando en cuenta la situación en la que está, probablemente le servirán nuestras oraciones. Hermano... ¿nos haces el favor de guiarnos en oración por el?".

Con esa manifestación de consideración y caridad, me vi tentado a decirles la verdad sobre mi identidad pero mi seguridad dependia de mi nueva identidad secreta... y mi intención era permanecer vivo. "Por supuesto, Tomás... ¡que maravilla de idea!", le dije, "Que te parece esto: Yo empiezo la oración y como estamos aquí en casa de Raul, el puede terminar la oración. Luego podemos concluir nuestra reunión rezando juntos el Padre Nuestro". "Si, hermano", contestó Tomás, "eso sería perfecto".

"Señor", empecé, "nos dirigimos a ti esta noche pidiendo que ayudes a Benjamin Lake. Está en una situación muy rara, Señor... ayudalo a orar; ayudalo a confiar en ti y depender de ti. Bueno, Raul... sigues tu". "Buen Señor Jesús", empezó Raul, "te pedimos que vigiles sobre nuestro hermano Benjamin Lake; es un cautivo Señor; ¡liberalo! En Lucas 4:18 dijiste: *He sido ungido para liberar a los cautivos y a los oprimidos*. Mi gente sabe lo que es ser oprimido, Señor. Sabemos lo que el señor Lake está sintiendo. Escucha la oración del hombre que en el día de su secuestro, se había visto orando en la antigua y humilde capilla de mi gente. Permítele salir de esta experiencia como una persona mejor y más santa. Pido por la intercesión del santo Juan Diego y de la Virgencita de Guadalupe. AMEN".

Terminamos con la oración del Padre Nuestro, y mientras salía la gente Tomás y Antonio se acercaron a mi. "Nos acaban de avisar, hermano", empezó Antonio, "que nos visitó un jaguar en la aldea esta noche; el padre de Tavito encontró huellas recientes detrás de su casa. A veces un jaguar viejo que ya no puede cazar su presa normalmente intenta buscar una presa fácil dentro de la aldea. Se enfoca en los enfermos o en los ancianos que están postrados en cama e indefensos luego espera hasta que la persona vulnerable esté sola y con la puerta abierta. Luego, cuando no hay nadie alrededor, el jaguar entra a la casa imprevisto, mata a la persona, y arrastra el cuerpo al bosque. Así es que, para mayor seguridad, Tomás y yo te acompañaremos de regreso a la casa misionera".

"Muchas gracias... se los agradezco", les dije, "aunque después de ese relato... ¡dudo seriamente que voy a poder dormir esta noche!". "No te preocupes hermano", exclamó Antonio, "mientras que tu puerta esté cerrada y con llave, no hay nada que temer".

Capítulo 15

Después de un delicioso desayuno calientito, consistiendo de tortilla de maíz, frijoles refritos, plátanos y café, partí de casa de Raul de regresó a la casa misionera para reposar y leer un poco. Había pocos libros en la choza, pero lo suficiente para mantenerme ocupado por unos cuantos días. Como dijo aquel gran político Romano y escritor Ciceron: *Si tienes un jardín y una biblioteca, tienes todo lo que necesitas*. Los ocho libros a mi disposición se pudieran considerar como una biblioteca sólo si se tomará en cuenta lo increíblemente remoto de este sitio en particular. Pero con respecto al jardín, me encontraba en medio del prototipo original de todos los jardines, diseñado por el Creador mismo.

Decidí repasar el directorio de la flora y fauna que se encuentra en *La Reserva Biosférica de Montes Azules*. ¡Me fascino! La biodiversidad del ecosistema era asombroso. Particularmente me impresionaron los cientos de especies de árboles nativos de esta región. El libro también contenía muy detallados dibujos a color de los árboles predominantes. Después de leer sobre los cuatro ó cinco árboles más comunes y estudiar los dibujos, decidí salir a caminar para ver si los podía reconocer. Quise aprender todo lo que podía de este lugar maravilloso que estaba logrando un efecto tan benéfico y transformativo sobre mi. También pensé que ayudaría mi relación con los de la aldea si yo pudiera conversar inteligentemente con ellos sobre el bosque pluvial.

Caminé a la orilla de la aldea donde encontré una apertura entre los arbustos que parecía ser un estrecho sendero para las carretas que la gente usaba para trabajar sus campos de siembra. Mientras serpenteaba por este sendero sorprendentemente despejado, empecé a buscar los árboles, usando el libro para ver si podía distinguir entre una especie y otra.

Mi primera "excursión botánica" avanzaba muy bien; rápidamente reconocí a dos de los árboles más numerosos del bosque pluvial. A la misma vez, detecté algo de movimiento por el sendero, aproximadamente veinticinco metros a mi frente, pero no me llamó mucho la atención porque había numerosos pájaros, lagartijas y quién sabe qué otras cosas moviéndose a mi alrededor. De repente, sentí de nuevo que algo se movía, pero esta vez realicé que había algo raro con este movimiento en particular...era totalmente silencioso.

Inmediatamente, me detuve, forzando la vista y tratando de averiguar qué era lo que se movía en el sendero frente a mi. Lo que vi me cortó la respiración y afortunadamente no me provocó un infarto. Era un jaguar adulto agachado a la orilla del sendero y avanzando en mi dirección muy lentamente. Fue obvio que me venía cazando y ahora se estaba preparándose para atacar. Surgieron pensamientos en mi mente; que tonto fui en salir al bosque sabiendo que habia un jaguar rondando la aldea. ¿Sería posible que el Señor me haya traído hasta aquí para ser mutilado y destripado por un jaguar? Recordé lo que había leído en el directorio... que a raíz de la asombrosa freza de su mordida, el jaguar tenía una manera única para matar su presa... ¡entierra sus enormes colmillos directamente en el cráneo de su víctima!

Sin quitar la vista del jaguar, y antes de respirar otra vez... sentí una presencia detrás de mí: "No muevas un músculo, hermano Mateo, soy yo, Juan. Veo al jaguar. Haz exactamente lo que te digo. No te muevas. Voy a pasar lentamente enfrente de ti. Luego voy a correr a la derecha por donde está despejado. El jaguar me seguirá porque su instinto lo forzará seguir a la presa que aparentemente le teme. No te preocupes por mí... yo sé lo que estoy haciendo. Recuerda... ¡NO TE MUEVAS!".

No me pude imaginar que pensaba hacer con el jaguar, pero ciertamente no iba a discutir el tema. ¡Olvida el instinto del jaguar! *Mi* instinto me impulsaba a huir... ¡inmediatamente! Pero, conocía lo suficiente de la gente Maya para reconocer que ellos tenían mayor entendimiento de su mundo que yo del mío. Aunque acababa de conocer a Juan y sabía poco de él... tenía que confiar en él. ¿Que haria yo si el jaguar ataca a Juan? ¿Que haria yo si el jaguar avanzará hacia mi? Recuerdo haber leido un articulo en una ocasión que hablaba de un aldeano en África que había matado a un leopardo hundiendo su brazo y puño en la garganta del animal... ahogandolo. Decidí en ese momento que yo haría lo mismo en caso de que me atacara, pero en mi caso, sabiendo que el jaguar es más grande que el leopardo, pensé también... ¡meter el directorio en su garganta!

Juan se posicionó directamente en frente de mi y el jaguar estaba a unos quince metros. El jaguar se detuvo y gruñó. Estaba tan aterrorizado que pensé que me iba a desmayar... pero no fue así. De hecho, por el fuerte efecto de la adrenalina, mis sentidos se agudizaron y estaba más alerta de los normal... tanto que hasta me pareció poder oler al animal. Mi vista se hizo tan aguda que pensé ver algo irregular en la forma del cuerpo del animal. No pude distinguir lo que era pero me parecía fuera de lo "normal".

De repente, sin aviso, Juan se lanzó a su derecha como caballo de carrera al arranque. Y, como galgo persiguiendo a la liebre, el jaguar lo persiguió... tal como Juan lo había predicho. El jaguar, como disparado de un cañón, se arrancó detrás de Juan. El enorme felino estaba como a diez metros de mí y rápidamente alcanzando a Juan. En un instante, con el feroz animal a escasos tres metros detrás de él, Juan saltó al aire como si estuviera en una competencia de salto. Cuando cayó Juan, busqué el jaguar esperando verlo sobre él haciéndolo pedazos, pero el animal enfurecido no estaba; simplemente había desaparecido.

¿Que tipo de magia Maya, o milagro, había sido esto? No estaba seguro si moverme o no, pero sin saber dónde estaba el jaguar, decidí permanecer quieto. Juan corrió hacia mí gritando: "Vámonos hermano... ¡vámonos de aquí rápido! Ven... ¡vamos a la aldea!". Juan me tomó del brazo y empezamos a correr. "¿Que pasó con el jaguar... donde esta?", le pregunté... todavía temblando del shock y la adrenalina, pero encantado de que Juan no se había lastimado. "¡Lo dirigí directamente a un pozo!", declaró, Juan, "Tiene cinco metros de profundidad, y no creo que se pueda salir, pero nunca sabes... los jaguares son muy ágiles. Podemos reclutar a unos hombres de la aldea y regresar para ver que paso con el".

Cuando regresamos con dos hombres, armados con lanzas grandes, encontramos al jaguar al fondo del pozo y aparentemente muerto. Los hombres le lanzaron unas piedras para ver si estaba vivo pero el animal no reaccionó. Habiendo previsto la posible necesidad, uno de

Capítulo 16

Los siguientes días fueron muy pacíficos y relajantes. Visitaba a dos familias por la mañana y me pasaba el resto del día en lectura, oracion y meditacion. Devoré las Confesiones de San Agustin y empecé con el libro que contaba la historia de Bartolomé de las Casas. Cada día me sentaba un par de horas en la capilla pacíficamente y, poco a poco, empecé a encontrar el corazón que había perdido. Algunas veces...es necesario poner alto a todo para poder descubrir nuestra propia verdad. Descubrí que al no huir del silencio y de la inactividad, no solamente no se desbarataba mi mundo ni mi persona pero, al contrario, me sentía más cerca de Dios, y de mi mismo, de los demás...y de la creación.

Por la noche, la tranquilidad orfica era tan penetrante que los sentimientos asociados con la perdida y el duelo, que yo inprudentemente habia reprimido, surgian y me encontraba en lagrimas durante la madrugada. Tan difícil como fue, tomó parte en la sanación y renovación que estaba ocurriendo en mi vida. Juan estaba consciente de que yo estaba sintiendo emociones difíciles. "Hermano Mateo", empezó Juan, "llevas un peso en tu corazón... puedo sentir la tristeza en tu espíritu. No me gusta la idea de que pases las noches solo en la casa misionera; así es que empezando esta noche, yo dormiré en la capilla. Allí estaré enseguida de ti para lo que se te ofrezca".

Me puse a pensar: "¿Cómo es que cambie de no tener un solo amigo de fiar...a tener un gran número que me amaban tanto como para dar sus vidas por mi sin pensarlo?". Y aquí estaba Juan...velando mi pensamiento y sacrificando su propia zona de confort para hacer mi vida más placentera. Sin tener la menor idea como había ocurrido, me estaba haciendo de unos hermosos amigos; y estos nuevos amigos estaban teniendo un impacto positivo e incalculable sobre mi vida. Me fue imposible no recordar como Ciceron, en el diálogo filosófico, *Laelius De Amicitia*...explicó como la amistad tiene un maravilloso poder para multiplicar nuestro júbilo, mientras que divide nuestro dolor.

A la misma vez, no pude dejar de pensar en mis estudios sobre los principios de la civilización occidental. Yo y muchos otros habíamos enfocado demasiado en las contribuciones culturales que habían hecho los Griegos y los Romanos y no apreciamos suficientemente las características culturales de civilizaciones menos estudiadas... muchas de esas pudiendo ser útiles en términos de poder balancear o complementar nuestro propio medio cultural imperfecto. Por ejemplo: La dicha y felicidad que mostraba la gente Maya a la vez carente de la panoplia de posesiones materiales consideradas como requisito básico para conseguir la felicidad en la sociedad occidental. ¿Qué nos protege de caer víctimas del consumismo y su efecto deshumanizante? ¿Tendrá algo que ver con su extra-ordinaria y armoniosa relación con Dios, con su creación, y con el prójimo? Tal vez, algún grado de pobreza...la renuncia de tener más a favor de ser más...puede ser un tipo de vacuna que protege a la gente de los estragos del materialismo y de un individualismo radical.

Después de todo...seguramente hay una razón porque Jesus, el salvador del mundo, escogió vivir en la pobreza. ¿Será que esa elección tenía un mensaje para nosotros? ¿No dijo Jesus que seria mas facil que pasara un camello por el ojo de una aguja que para un hombre rico entrar al reino de Dios? (Mateo 19:24) Quizás, entonces, es el mismo evangelio que ha sido infravalorado e insuficiente comprendido en su papel de contribuidor necesario para el desarrollo de cualquier civilización enteramente humana.

La reflexión y la contemplación parecían ser parte de este lugar como también lo era el tucán y el jaguar. Era imposible no ser afectado por la sencillez y hermosura que se encontraba por doquier. La aldea, la gente, el ambiente natural, en efecto todo facilitaba la reflexión, de la misma manera que el claustro en un monasterio engendra la contemplación. El Padre Bill me dijo que iba a ver y experimentar cosas en Santa Maria de Guadalupe que jamás había visto o experimentado; no pudo haber sido más acertado con ese sabio pronóstico.

Una mañana, después del desayuno, Raul me dijo que esperábamos una sorpresa muy placentera; Padre Bill llegaría por la tarde. Acompañándolo en ese grupo vendría Esperanza y su hija Rosario. "¡Qué maravillosa noticia, Raul!", le exclamé, "Hace apenas ocho días desde que tuve oportunidad de hablar con él; sin embargo...he tenido tantas nuevas y asombrantes experiencias aquí que siento como si hubieran transcurrido diez años". "Bueno, hermano Mateo, estoy seguro que ustedes dos tendrán mucho de qué platicar. Hemos puesto otra cama en la casa misionera para el Padre Bill, y dejaremos una guitarra junto a su cama. El Padre Bill le encanta tocar la guitarra cuando está aquí", explicó Raul, "Esperanza y Rosario se hospedaron con Juan y su familia". "¿Juan es pariente de Esperanza y Rosario?", le pregunté. "Si, hermano", contestó Raul, "Juan es hijo de Esperanza; él y Rosario son cuates".

Cuando fui a casa de Raul esa noche para la cena, Padre Bill, ya estaba allí – había llegado diez minutos antes. Nos saludamos calurosamente y luego nos sentamos para disfrutar una maravillosa cena con Raul y su familia. Padre Bill explicó a nuestros anfitriones que venía exhausto del viaje, así es que, después de anunciar que se celebrará la misa el siguiente día a las once de la mañana, nos despedimos y nos retiramos a la casa misionera.

"¡Te ves muy bien, hermano Mateo!", exclamó Padre Bill, reposando su cuerpo agotado sobre su catre de lona, "Antonio ya me relató lo de la arriesgada conversación con el malandrín que ocurrió en frente de la casa de los traficantes y de cómo intentaste evangelizarlo. Solo sigue rezando hermano. También me ha contado que has pasado muchas aventuras aquí". "¿En serio, Padre Bill?" le pregunté. "Te sorprendería, hermano, lo rápido que se corre la palabra en esta parte del mundo", explicó el Padre Bill, "me contaron de tus lecturas y las estupendas discusiones, la sanación del pequeño Tavito... ¡y de tu encuentro con el jaguar! ¿Pero lo que no se es... ¿que significa todo esto para ti? ¿Ha sido una buena experiencia? ¿Has sentido que el Señor se ha comunicado con tu corazón por medio de la bondad transparente de los pobres y la sencillez de la creación de nuestro Padre?".

Mi catre estaba como a dos metros y paralelo al del Padre Bill, me acomodé de tal manera que al estar acostado boca arriba, con mi cabeza sobre la almohada grande, rellena de paja, estaría dando la cara al Padre Bill.

Tuve la sensación de que esta conversación iba ser muy especial. Yo consideraba al Padre Bill como el mentor de la "nueva y mejorada" versión de Benjamin Lake. Así como mi nuevo héroe, San Agustín, tenía a San Ambrosio como su guía...yo tenía al Padre Bill.

"Padre Bill", empecé, "el Espíritu Santo ha logrado tanto conmigo en el corto tiempo que he estado aquí que yo apenas me reconozco...o mejor dicho; he crecido tanto, que me siento ser como una nueva creación". "¡Estoy muy, muy contento de oír eso, hermano! Por tu sinceridad me sentí seguro de que Dios te iba a bendecir aquí. ¿Has estado leyendo Las Confesiones?". "Sin parar, Padre Bill", le contesté, "ya leí todo el libro".

"¿Hubo algo en particular que te llamó la atención?", preguntó el Padre Bill. "Si, Padre Bill," le conteste, "muchas cosas, pero un corto pasaje del libro IV se me ha quedado: *Que seré yo para mi sin ti, sino que un guía hacia mi propia ruina*". "¡Qué maravillosa percepción, hermano!", exclamó Padre Bill. "No puedo decir que recuerdo ese pasaje pero me suena como el clásico San Agustín. No te quise interrumpir, hermano...por favor, continua".

"He estado reflexionando mucho, Padre Bill, en como mi estilo de vida hueco y mundano fue el fruto del hombre despiadado y frío que fui cuando me aleje de Dios. Me había vuelto completamente egoísta e indiferente al sufrimiento y las necesidades de otros. Es por eso que me llamó la atención ese pasaje de San Agustín. Yo realize, existencialmente...es decir, basado en mi propia experiencia, que, sin Dios, la única dirección en cual el hombre puede avanzar...es hacia abajo."

"Me fui a la deriva, alejándome de Dios, Padre Bill, porque encontré un nuevo dios...el dinero. Pensé que mi nuevo dios era más fidedigno, más cómodo, y más divertido. Cambié todo lo bueno y cierto, todo lo inocente y puro, todo lo duradero y de auténtico valor...por polvo; ¡por una ilusión! Como dijo Virgilio en el libro Aeneid: *¿Hasta qué extremo nos obliga nuestro corazón, maldita codicia por el oro?* ¿Acaso me trajo mi nuevo dios la felicidad prometida? ¡Para nada! Cada dia que pasaba me hacía sentir más abatido y perdido. Nunca había sentido tanta desesperación y aislamiento hasta que me convertí en un devoto al dios del dinero".

"Si no hubiese sido por la gracia de Dios, hermano", agregó Padre Bill, "seguirías en la deriva, en el yermo del hedonismo y el materialismo. Como el gran poeta Romano, Horacio, dijo tan acertadamente: *La mente enamorada de las cosas engañosas rechaza cosas mejores.* ¡Yo también he pasado algo de tiempo con los ancianos!". "Es un pasaje maravilloso Padre Bill, ¿recuerdas de dónde viene?", le pregunté. "Por supuesto que sí, hermano. Es del segundo libro de Satires... *Adclinus falsis animus meliora recusat.*"

"Padre Bill, ¡esto es increíble!", le exclamé, "¿Porque no dijiste que eras un Latinista?". "Tenía intenciones de hacerlo, hermano", contestó Padre Bill, "pero algo me dijo que esperará...hasta hoy. En efecto, hermano Mateo, la copia de las Confesiones de San Agustín en Latin que encontraste en la capilla de San Nicolás era mía...la dejé allí por descuido el día anterior. Eso fue extremadamente inusual para mi...y hasta este dia, todavia no entiendo como lo pude haber olvidado; lo atesoraba tanto".

"Ocasionalmente, era mi costumbre caminar el zócalo de la catedral para hacer algo de ejercicio y llevar unos taquitos para los muchachos. Luego me pasaba una hora, más o menos, en la capilla de San Nicolás, orando y leyendo mi copia de Confesiones en Latin. Pero siempre me preocupaba por no dejar el libro...sería muy difícil reemplazarlo. Esa noche, ya para dormirme, me di cuenta que, desgraciadamente, había olvidado a 'Agustín' en la capilla. Le rogué al Señor que me lo cuidara hasta que pudiera recogerlo el día siguiente... ¡y tu, hermano, fuiste la respuesta de mi oración! Mientras me contabas la asombrosa historia de cómo habías encontrado el libro, supe inmediatamente que Dios estaba haciendo algo maravilloso...y que San Agustín estaba involucrado."

"Es verdaderamente asombroso para mi observar cómo Dios está obrando en tu vida hermano", continuó Padre Bill, "Él te trajo aquí, a la aldea Maya Santa Maria de Guadalupe, en la reserva biosférica de Montes Azules, para que escucharás por primera vez...el lamento de los pobres y el llanto de la tierra. Él quería que conocieras la verdad, de la cual tan efectivamente te habías blindado; la verdad que tu y yo, y todos, somos responsables por la tierra y por los pobres. La gente pobre no es una categoría o una estadística...son nuestros hermanos y hermanas... ¡nuestros amigos! Y la tierra no es algo que podemos usar y abusar como nos dé la gana. Es un obsequio precioso de nuestro Padre que debemos cuidar con gran sensibilidad y gratitud".

"¿Me estas entendiendo, hermano, o voy muy rápido?". "No, no vas rápido, Padre Bill...lo estoy captando todo; por favor, continua". "Bien, hermano. La realidad, que a veces pasa desapercibida y a veces ha sido completamente rechazada, es la que dice que todo está interrelacionado; el ambiente humano y el ambiente natural están conec- tados... suben o bajan juntos. Sencillamente así es como es...una realidad inexplicable que de hecho dedicamos nuestro mejor esfuerzo para tratar de ignorar. Y el daño ocasionado al mundo como resultado de este lapso de humildad, este imprudente intento de evadir la verdad, está todo a nuestro alrededor".

"Sé que estás consciente del movimiento ambiental hermano, porque recuerdo que me enseñaste que era un factor que seguramente iba a obstaculizar tus planes de saqueo de la Reserva Biosférica y sus depositos de petroleo. Pero este movimiento, por mas bien intencionado que sea, está destinado a fracasar porque deja de reconocer que el ambiente no puede separarse de su relación integral con los pobres...y con Dios".

"Básicamente, hermano", continuó el Padre Bill, "lo que quiero decir es que lo que la mayoría de la gente llama 'crisis ecológica'...o una 'crisis socioeconómica'... es actualmente una crisis espiritual. ¿Será que debemos creer que la gente mostrará una gran y sostenida preocupación por las criaturas más vulnerables de la naturaleza cuando manifiestan poco o nada de interés en los miembros más vulnerables de su propia especie? ¿Y si el hombre no respeta su propia naturaleza y estructura moral, que probabilidades hay de que demuestre respeto por la naturaleza auténtica de cualquier otra criatura?".

"La raíz del problema, hermano, es esto; cuando la gente cree y vive como si fuera cierto lo que dijo Nietzshe...por supuesto me refiero a su declaración de que 'Dios está muerto'...entonces, solo nos queda el hombre; una anémica, y falsificada versión del hombre seguramente. Tristemente, esta es la interpretación truncada del hombre que termina siendo aislado y apartado...vagando, perdido y solo en la oscuridad. Este equivocado y desafortunado antropocentrismo es lo que está impulsando muchos de nuestros problemas contemporáneos, como el consumo compulsivo y excesivo...donde lo que se consume somos nosotros y nuestro planeta; un deseo obsesivo y una fijación por las cosas materiales; una interminable y auto destructiva busqueda de mas y mayor placer...con el concomitante requisito de evitar cualquier y todo dolor, sacrificio, e incomodidad; y, finalmente un individualismo tan fanatico que hasta el mismo concepto del 'bien común', es percibido como el enemigo de la libertad personal y derechos humanos".

"¿Todavía me estás entendiendo , hermano?", preguntó Padre Bill, "Se que te he dado mucho en que pensar". "Si, lo entiendo, Padre Bill, lo estoy captando...no te detengas; yo necesito oírlo", le contesté. "Esa mentalidad fomenta una perspectiva utilitaria donde no cabe lo bello y lo bondadoso; lo único que importa es lo útil o productivo que puede ser algo, o alguien. Esta perspectiva utilitaria en sí, es probablemente la actitud menos productiva que podría aceptar una sociedad. Nos ha dado lo que comúnmente se conoce como una sociedad 'desechable'".

"Impresionante, Padre Bill.... ¿eso no puede ser bueno; una sociedad 'desechable'?", le comenté, "¿Entonces, habrá una salida de aquí...qué dirección podemos tomar?". "Si, hermano...hay una manera", contestó Padre Bill, "su nombre es...*La Civilización Del Amor*". "Bueno, Padre Bill...ahora si, ¡estoy perdido! Jamas he oido de semejante cosa como La Civilización Del Amor". "Empieza, hermano", explicó Padre bill, "con una precisa y auténtica antropología...donde se entiende correctamente que el hombre, habiendo sido creado por un padre amoroso y, por lo tanto, tiene una inmensa dignidad y se define por su relación con Dios, con el prójimo, y con la creación. De esta verdad del hombre fluye la verdad relativa a la familia, que siempre se basa en la unión de un hombre y una mujer. Esto, en breve, es la base para La Civilización

Del Amor."

"Tengo que decirte, Padre Bill", empecé, "cuando estabas describiendo los diversos componentes de nuestra cultura desechable, antropocéntrica y mal aconsejada... reconocí mi presencia en ella; es precisamente como pensaba anteriormente". "Lo se, hermano", contestó Padre Bill, "es por eso que compartó contigo tan detallada explicación; quería que comprendieras exactamente en qué situación habías caído cuando te deshiciste de tu 'brújula moral'".

"Hací es que, Padre Bill", empecé, "creo que La Civilización Del Amor va a requerir la introducción de muchas nuevas reglas". "Quisiera que fuera así de sencillo, hermano", explicó el Padre Bill, "cuando la corrupción de la cultura es tal que ya no acepta la verdad objetiva y deja de respetar principios con validez universal...las reglas se perciben nada más como un obstáculo arbitrariamente impuesto y por lo tanto no merecen respeto. Consecuentemente, cualquier esfuerzo político o legislativo diseñado para proteger a los pobres y al ambiente...o cualquier otra cosa vulnerable, preciosa y en necesidad de protección... será insuficiente".

"La transformación, hermano, empieza en el corazón del hombre – como tú mismo acabas de experimentar. De este nuevo corazón fluirá, no mas leyes justas, pero aún más importante...una cultura y un estilo de vida más digno a la altura y dignidad del hombre; ¡una civilización de amor! Recuerda, hermano, lo que Jesus, Dios del amor, nos enseñó:...*Dónde encuentras tu tesoro, allí encontrarás tu corazón también*...Mateo 6:21".

"Hermano...te voy a cantar una canción que está basada en la espiritualidad de San Francisco. Dime si sientes que se aplica a tu propia vida". Padre Bill tomó la guitarra al lado de su catre y empezó a tocar y cantar:

Hermano sol y hermana luna, poco te veo,
raras veces escucho tu melodía;
preocupado por una miseria egoísta.
Hermano viento y hermana aire, abre mis ojos para
ver las cosas puras y bellas.
¡Que pueda yo ver la gloria que me rodea!
Soy creatura de Dios, soy parte de su ser.
Siento su amor despertar en mi corazón.
Hermano sol y hermana luna, ahora si te veo, y
escucho tu melodía,
¡Tan enamorado de todo lo que veo!

"¡Qué hermosa canción!", le dije, "Reconocí la melodía....Donovan: *Hermano Sol, Hermana Luna*...pero nunca había puesto atención a la letra. Ahora, escuchando detalladamente la letra... ¡siento que fue escrita para mi!".

"Bueno, hermano Mateo, creo que te he dado bastante en que pensar por unos cuantos días. Permíteme cambiar el tema de la conversación a algo que verdaderamente necesito discutir contigo". "Por supuesto, Padre Bill", le contesté, "¿Que pasa?". "Has oído la noticia sobre lo que acontecé en San Cristóbal?", preguntó el Padre Bill. "No, Padre Bill...no he sabido absolutamente nada sobre lo que sucede en San Cristóbal".

"¡La economía está colapsando!", explicó el Padre Bill, "Desde el secuestro de Benjamin Lake, que supuestamente fue obra de los indígenas, los turistas tienen miedo de visitar San Cristóbal. Mucha gente ha perdido su empleo, y los negocios han cerrado. Está causando un gran sufrimiento; algunas familias están a punto de perder sus viviendas. La mayoría de la gente piensa que te han asesinado porque hace casi más de un mes que desapareciste, y nadie te ha visto ni sabe de ti".

"Es por eso que ha llegado el tiempo de que regreses a los Estados Unidos. Ya que te encuentres bien en tu tierra, puedes anunciar la verdad al mundo; más allá de ser secuestrado por ellos, los indígenas fueron los que te rescataron y te protegieron. Los verdaderos culpables del intento de secuestrar fue el corrupto oficial del gobierno y el cartel oportunístico que lo apoyó. Entre más pronto salga la verdad, mejor será, hermano. La situación es muy seria – hasta Esperanza y Rosario han perdido su empleo y se les acabó el dinero". "¡Increíble, Padre Bill...que desastre!", le exclamé. "Pero hay esperanza, hermano", explicó el Padre Bill, "creo que cuando el mundo se enteré de la manera en que los pobres indígenas te han ayudado; de cómo los huérfanos te escondieron de los secuestradores...y de cómo Juan te salvo del jaguar – ¡la industria turística explotará en San Cristóbal!".

"No podría estar más de acuerdo, Padre Bill, de ambas cosas; de que hay esperanza, y de que tengo que regresar a los Estados Unidos inmediatamente. Pero... ¿como puedo regresar sin ser interceptado por la policía o alguna otra entidad gubernamental? ¿Acaso tú lo has considerado?".

"Sí, hermano; y además, he rezado sobre esta cuestión por varios días. Así es como le vamos hacer, hermano. No es necesario que regreses, de hecho, a los Estados Unidos...en el sentido de cruzar la frontera internacional; solo tienes que llegar a la embajada Americana o su consulado. La embajada en la ciudad de México está demasiado lejos...doce horas de San Cristóbal. El consulado en Mérida está mucho más cerca, y conozco a un arqueólogo en Palenque que te llevará. Mérida, está a siete horas de Palenque en automóvil, y Palenque está a tres horas de aquí. Mario va a pernoctar en Santa Maria y despues de misa mañana, el te llevará a Palenque. Le comenté a Mario que querías un tour de las famosas ruinas de Palenque. Al siguiente día, mi amigo, el arqueólogo, te llevará al consulado en Mérida. Y ya estando a salvo en el consulado, podrás ponerte en contacto con tu piloto y el puede venir por ti. ¿Qué te parece la idea, hermano; estás de acuerdo con este plan?".

"¡Genial, Padre Bill!", exclamé, "La idea de la embajada o el consulado jamás se me había ocurrido; probablemente porque estaba tan enfocado en regresar, físicamente, a la seguridad de mi propio país. Supongo que ya has hablado con el arqueólogo en Palenque...y a propósito; ¿que es Palenque?". "Buena pregunta, hermano", contestó Padre Bill, "Palenque es una serie de ruinas Maya muy importante. Es muy popular con los turistas y por esto se ha desarrollado una pequeña ciudad allí. Mi amigo tiene una casa relativamente cómoda y allí podrás bañarte y disfrutar una buena cena, y descansar bien en preparación para tu viaje".

"¿De casualidad le revelaste mi verdadera identidad?", le pregunté. "No, hermano. Solo sabe que un fraile Franciscano, llamado hermano Mateo, necesita transporte al consulado Americano en Merida. Él ya estaba pensando ir a Mérida para hacer unos mandados, así es que todo resultó bien. También dijo que tenía ganas de conocerte y que estaba contento de que tendría alguien con quien platicar en un viaje largo como ese".

"¿Cómo se llama el arqueólogo?", le pregunté. "Su nombre es el doctor Ross", contestó el Padre Bill. "¿Estudió arqueología en Harvard?", le pregunté. "Si...de hecho allí estudió", respondió Padre Bill. "¿Su primer nombre es Julian?". "¡SI! ¿Lo conoces?". "Así es, Padre

Bill", le contesté, "lo veía de vez en cuando en el campus. A veces salíamos a correr juntos y tuvimos algunas charlas sobre descubrimientos arqueológicos Romanos. Él es un gran tipo, pero no tuve oportunidad de conocerlo bien porque él estaba terminando su post graduado y yo apenas empezaba el mio. Estuvimos juntos en el campus solo por un año académico".

"¡Que fantástico, hermano!", exclamó Padre Bill, "¡Hablando de la Divina Providencia!". "¿Crees que debo decirle quien soy verdaderamente?", le pregunté. "Sí, hermano", contestó Padre Bill, "no creo que sería un problema decírselo. Casi todos en México, como en Estados Unidos, saben quien es Benjamin Lake; prácticamente te has vuelto una celebridad. Lo más probable es que después de pasar la noche en su residencia y hacer un viaje de siete horas, él te va a reconocer de todas formas. Entonces, creo que sería mejor que le contarás todo. Sin embargo, deberías estar preparado para la posibilidad de que se sienta nervioso viajando contigo. Recuerda hermano...todo mundo te anda buscando. Si los detiene la policía, es posible que arresten al doctor Ross".

"Tienes mucha razón, Padre Bill", le dije, "pero déjame decirte esto de Julian: es el hombre más valiente y aventurero que he conocido; ¡el único que se le asemeja es Teddy Roosevelt! Julian tenía un apodo en Harvard... *El Magnate de La Aventura*. No importaba que hicieras con él (caminar por el campus a la librería, por ejemplo), alguna serie de eventos raros resultaban que cambiaban lo que normalmente sería una aburrida caminata en una inolvidable aventura comparada a... ¡*La Expedición de Louis & Clark*!".

"Bueno, hermano... me parece bien. ¡Creo que por eso

decidió ser arqueólogo!", exclamó Padre Bill. "Sin duda, Padre Bill...el 'Magnate' está en su elemento cuando anda entre las ruinas y el impenetrable bosque pluvial". "Bien...entonces, probablemente va a disfrutar la experiencia de llevarte a Mérida"; dijo Padre Bill, "bueno...creo que eso es todo hermano. ¿Te queda alguna pregunta?". "Si, Padre, solo una: dijiste que Esperanza y Rosario están aquí. ¿Me preguntó qué tipo de recepción se puede esperar de ellas mañana en la misa? La última vez que vi a Esperanza... ¡me quería entregar a los secuestradores!".

"¡Oh... Olvídate de eso, hermano!", exclamó Padre Bill, "¡Eso ya quedó en la historia! ¡Ahora te aman, hermano! Rosario lleva el crucifijo que le regalaste todo el tiempo. Recuerda, hermano...Tavito es nieto de Esperanza. Si ella y Rosario tuvieran el poder... ¡mañana serías canonizado en la misa!". "Me gusta oír eso, Padre Bill. Tenían todo el derecho de odiarme por la manera en que me comportaba. Que alivio saber que ahora están enteradas de cuanto he cambiado".

Capítulo 17

"Hemos llegado, hermano Mateo...este es Palenque", anuncio Mario. Ya eran como las cinco y media de la tarde, y llevábamos cinco horas de viaje...dos horas a pie y tres horas por automóvil. "Hola, hermano Mateo... ¡bienvenido a mi humilde residencia!", dijo el doctor Ross, al acercarme a la puerta de su casa. La casa era de un diseño sencillo y construida de maderas tropicales como cedro y caoba. Había un caballo atado a un pequeño árbol en el solar de enfrente, ya a la derecha de donde estaba el caballo había un gallinero. Una vereda de tierra se dirigía a la galería de enfrente, y en un poste estaba colocado un rótulo que decía: *Doctor Julian Ross, Arqueología, Universidad de Harvard*.

"Gracias, doctor Ross", le contesté, "¡te agradezco la gentil hospitalidad!". El doctor Ross vestia de pantalon azul de mezclilla, huaraches negros, y una playera holgada de color crema. Media aproximadamente 1.90 con una constitución muy atlética, y pelo castaño no muy corto. "Pasale, hermano...ha sido un largo viaje desde la reserva; ya puedes descansar. No solo eres mi huésped pero también eres huésped de la Universidad de Harvard".

Parado al lado del doctor Ross, estaba un mono color café de un metro de altura: "El es Pacal, hermano...es mi asistente. Oye... si el doctor 'Indiana Jones' tenía a

Sallah... ¡yo puedo tener a Pacal! Pacal es el nombre del famoso rey Maya que gobernó en Palenque. Nos encontramos con este hermoso mono araña después de haber sido atacado por un águila arpía. Aparentemente, el águila había empezado a destrozar al mono con su poderoso pico y garras afiladas cuando, por un increíble golpe de suerte, el mono aterrorizado logró envolver su cola prensil sobre el cuello del águila logrando asfixiarlo hasta la muerte".

"¡Increíble!", le exclamé, "debe ser un mono excepcionalmente inteligente". "Si...es una criatura brillante, hermano. Ven, observa esto: Pacal...por favor lleva la maleta del hermano Mateo a su habitación". Inmediatamente, Pacal tomó mi maleta, entró a la casa y la puso sobre la cama en el cuarto de huéspedes. "Muy impresionante, ¿no dirás, hermano?", declaró orgullosamente el doctor Ross. "¡Asombroso!", le contesté.

Entramos a un amplio cuarto de la casa, que servía como combinación de cocina, comedor y una estancia. Me colapsé sobre un comodísimo sofá, ¿y quien salió de la nada para sentarse enseguida de mi? ¡Pacal! "¡Le gustaste, hermano! No hace eso con todos", explicó el doctor Ross. "Me alegra saber que tengo un nuevo amigo. ¿Qué hace cuando no le agrada la persona?", le pregunté. "No lo vas a creer hermano", dijo el doctor Ross, "toma una posición estratégica arriba de la persona, y luego... ¡empieza a orinar!". "¡Sorprendente! Y luego, ¿qué sucede?", le pregunté. "La persona grita, y Pacal... ¡se ríe!", contestó doctor Ross. "No te preocupes, hermano; en esta casa he tenido muchos invitados y Pacal se ha molestado en solo dos ocasiones. Y en cada incidente, la mojada fue muy merecida".

"Oye... ¿es un loro silvestre lo que estoy viendo allá,

doctor Ross?", le pregunté. "Si, lo es, hermano; es una guacamaya roja que hemos rescatado también. Solo puede volar a muy poca distancia. Se ha vuelto una integrante valiosa en nuestra casa. Ella se llama Lakamha...que es el antiguo nombre de Palenque. Ella sabe hablar, hermano. Acércate a ella y dile 'hola'. Le gusta la atención y probablemente te va a decir algo".

Me levanté del sofá y Pacal me dio la mano...así es que caminamos juntos hacia la guacamaya. "Hola", le dije – dirigiéndome al loro y sintiéndome en ese momento algo como Mowgli, el protagonista de la obra de Rudyard Kipling, *Jungle Book*. Después de una pausa de diez segundos, Lakamha empezó a hablar: "Benjamin Lake vive! ¡Benjamin Lake vive! ¡Viva! ¡Viva! Benjamin Lake vive!".

"¿Qué está pasando aquí?", pensé, "¿Sabrá quien verdaderamente soy yo esta guacamaya roja? Pero... ¿cómo puede ser?". Me quedé parado allí paralizado y confundido observándola...luego volteé a ver al doctor Ross. "Permíteme explicarte, hermano Mateo", empezó el doctor Ross, "Benjamin Lake fue un amigo mío en Harvard. Digo mi amigo aunque no estoy seguro que él me consideraba como su amigo. Él venía de una familia rica y poderosa...quizás me veía más como un conocido, pero yo lo veía como amigo y me encantaban nuestros debates. Cuando supe que había desaparecido y que todos decían que había muerto...yo no lo acepté. Entonces, para mantener mi esperanza, le enseñé a Lakamha decir... "¡Benjamin Lake vive!".

"Cada día, hermano Mateo", continuó el doctor Ross, "ofrezco una oración por Benjamin. Le pido al Señor que lo ayude, y le digo al Señor que me use para encontrarlo. Sabes, hermano, nadie conoce esta selva como yo, y he estado muy alerta y buscando a Benjamin en todas mis excursiones dentro del bosque pluvial. Le dije al Señor que sacrificaría cualquier descubrimiento arqueológico que tuviera la posibilidad de encontrar en el tiempo que me quedará en mi carrera si solo me permitiera encontrar a mi amigo Benjamin....vivo".

"¿Que harias si logras encontrarlo?", le pregunté. "Pues, bueno...realmente es muy buena pregunta, hermano; no lo había pensado. Creo que probablemente lo llevaría a la delegación". "¿Pero no será posible que la policía esté involucrada? ¿Realmente no crees que fueron los indigenas, verdad?". "No... ¡para nada! Siempre sospeche que fue un cartel de narcotraficantes. Pero tienes razón de que lo de la policía; sería muy riesgoso". "Entonces, doctor Ross, si Dios decide escuchar tu oración... ¿que harias con Benjamin?".

"Lo llevaría al consulado americano en Mérida", exclamó el doctor Ross. "¡Perfecto! porque allí es a donde lo vas a llevar", le contesté – al quitarme el sombrero de paja y los lentes de sol, "Julian...tu oración ha sido contestada. ¡Soy tu amigo Benjamin Lake!". "Espera", dijo el doctor Ross, completamente confundido, "entonces... ¿no eres hermano Mateo?" "¡No!", le exclamé, "solo es mi disfraz. Observa, Magnate Aventurero...me quitaré la barba". Me cubrí la barba entera con las dos manos: "¡Si...Si! ¡Ya te puedo ver... realmente eres tú, Benjamin! ¡Esto es asombroso! ¡No lo puedo creer! ¡Gracias, Señor...muchas gracias! Mi amigo estaba perdido pero ahora... ¡ha sido encontrado!".

Le agradecí a Julian el hecho de ser tan fiel amigo...a pesar de que yo lo había olvidado completamente. Nos pasamos el resto de la noche discutiendo mi situación y enfatizando lo importante que era evitar el contacto con la policía en nuestro viaje a Mérida. Julian estaba cien por ciento de acuerdo y me aseguró que iríamos directo a Mérida sin desviación para "aventurar" al estilo del Magnate. Le dije en broma que dudaba que pudiera controlar ese aspecto de su vida, pero estaba agradecido de la sinceridad de su intención.

La encargada de cuidar la casa, una señora grande de origen Maya, llegó a las nueve de la mañana, y en ese momento, Julian y yo nos despedimos de Pacal y Lakamha, echamos unas provisiones atrás del Land Rover Defender blanco, modelo 1995, e iniciamos nuestro viaje de siete horas. Merida está en el extremo noreste de la peninsula de Yucatan. "La Ciudad Blanca" – como a veces se le llama por el gran número de edificios blancos – surgió del antiguo pueblo Maya de *T'ho*. Por esta razón, algunos historiadores consideran a Mérida como la ciudad más antigua de las Américas que ha sido habitada continuamente.

Durante nuestro viaje le conté a Julian como el Señor, por medio del intento de secuestro que sufrí, me había tomado a un lado y transformado mi corazón. Le expliqué como yo había caído en una decadencia moral tan rápida y extrema que si no hubiera sido interrumpida por la misericordia de Dios, seguramente hubiera yo terminado en tal condición que pudiera convertirme en seria competencia para el emperador Romano, Caligula, en su afán por el título... ¡más depravado!

"No entiendo, Benjamin", dijo Julian, "cuando estuvimos en Harvard me pareció que eras una buena persona". "Quizás, de algún punto de ver, lo era, Julian", le empecé a decir, "pero ya empezaba mi descenso a lo superficial y lo mundano. Lento pero seguro – el dinero, la fama, el poder, y el placer se fueron convirtiendo en algo más importante que mi relación con Dios, con su creación, con el prójimo y conmigo mismo. Estos ídolos me estaban haciendo más hueco, y mi vida interior se desvaneció".

"Pero por lo que he oído, Benjamin", dijo Julian, "llegaste a ser un super exitoso multibillonario". "Si, Julian; yo soy, según dicen, uno de los más ricos del mundo. Sin embargo, a la misma vez era un fracaso completo y total en lo que se refería a lo personal. Yo era una de las más miserables y solitarias personas que te puedes imaginar. Me entregué a los deseos mundanos de la misma manera atolondrada en que la gente como yo han entregado la economía global a las fuerzas invisibles del mercado y, despiadadamente, han interpretado los efectos indeseables sobre los pobres y el ambiente como daños colaterales inevitables".

"Bueno, Benjamin", empezó a preguntar Julian, "ahora que tu corazón se ha sanado y tu espíritu se ha renovado... ¿a dónde irás? ¿Qué harás cuando regreses a Nueva York mañana?". "¡Es una gran pregunta, Julián! Realmente no lo sé todavía; pero se que no soy la misma persona, y por lo tanto...no puedo vivir de la misma manera que estaba viviendo; muchas cosas tendrán que cambiar. Ya no me motiva el dinero, Julian. La única cosa que me conmueve ahora es el amor de Dios; Yo quiero servirle. Se han ido los idolos mundanos de mi pasado y la esclavitud personal que exigían tanto de mi. Ahora...soy verdaderamente libre; y vivo de corazón".

"¡Te envidio, Benjamin!", dijo Julian, "y pensar que me llamaban a mi, 'El Magnate de la Aventura'; tu eres el que está viviendo la más auténtica de todas las aventuras... ¡la aventura espiritual! Benjamin...cualquier rumbo que tomes cuando regreses a tu vida en los Estados Unidos, por favor no dejes de estar en contacto; creo que tenemos una mutua obligación de mantener esta amistad providencial con la cual Dios nos ha bendecido".

"Absolutamente, Julian", le dije, "no mas somos amigos, Julian; ahora... ¡somos hermanos!". "Hermanos... eso me parece bien, Benjamin", dijo Julian. "A propósito, Julian", le dije, "por nuestra seguridad...creo que sería mejor que me sigas llamando hermano Mateo hasta ya estar seguros en el consulado. Se puede presentar una posible conversación con alguien en nuestro viaje donde se te salga llamarme Benjamin". "Tienes razón, Benjamin. ¡Disculpame!... hermano Mateo", añadió Julian, formalmente.

Capítulo 18

Nos encontrábamos aproximadamente a diez kilometros de Mérida cuando se empezó a congestionar el tráfico. Finalmente, el flujo de automóviles se detuvo y pudimos observar lo que sucedió...un retén policiaco. "No me dijiste que no había retenes por esta ruta, Julian?", le pregunté en un estado confuso y algo nervioso. "Normalmente, no lo hay hermano; esto es extremadamente raro", contestó Julian, mostrando algo de ansiedad.

"Esto es de mucho peligro, Julian", le dije, "porque si me pidan identificación, no traigo nada que compruebe que soy el hermano Mateo". "No te preocupes...hermano, normalmente no te piden una identificación en un retén de policía. Casi siempre solo preguntan de donde vienes, a donde vas, y porqué. Con el emblema de Harvard en las puertas de nuestro auto, estoy seguro que no tendremos problemas". "No me siento muy seguro de esto, Julian. ¿Crees que sea posible regresarnos y entrar a Mérida por algún otro camino que sea menos transitado?", le pregunté. "Temo que ya estamos comprometidos, hermano; regresar no es una opción. Sospecharían de cualquier automóvil que abandonará la fila e inmediatamente lo alcanzarian. Ya una vez en manos de la autoridad, todos a bordo del vehículo serían sometidos a una seria interrogacion".

"Julian", empecé, "te das cuenta que si descubren quien soy, probablemente te van a arrestar por ser secuestrador. Así es que, si me someten a una interrogación, tú debes irte al consulado a toda velocidad". "Sería imposible llegar, hermano, me seguirán y luego avisan por radio a otras unidades para cerrarme el paso. Lo mejor, hermano, es decir que venimos juntos; hay fuerza en la unidad". "Esa es la mejor idea, Julian... funcionamos como equipo. La cosa que me preocupa es que si se dan cuenta quien soy, es posible que me entreguen al cartel...y probablemente te van a querer silenciar".

"Benjamin, digo, hermano Mateo...escúchame", dijo Julian, "nada va a pasar. No te alteres. Relájate...todo saldrá bien. A lo mejor hasta conozco algunos de los oficiales. Estoy seguro que van a reconocer mi vehículo. La arqueología, y el turismo que fomenta, es una enorme parte de la economía aquí en Yucatán". "Muy cierto...eso tiene mucho sentido, Julian. Debo calmarme y tomar una cosa a la vez", le dije. "Definitivamente, hermano", respondió Julian, "debemos de tener la mente despejada y ser ingeniosos".

Estábamos a un auto de distancia del retén cuando recordé algo: "¡Julian! acabo de recordar algo; ¡NO le digas a la policía que nos dirigimos al consulado americano! Le diremos que vamos a Mérida de compras y para visitar unas iglesias, ¿entiendes? Ese es el propósito de nuestra visita". "Entendido, hermano...de compras y a las iglesias. Espléndido, me alegro que estamos de acuerdo...restan treinta segundos para nuestra entrevista!".

"Oye, hermano", anunció Julian con emoción, "andamos de suerte! Yo conozco a este oficial...su nombre es Nacho". "¡Fantástico, Julian!" le contesté. "Hola, doctor Ross. ¿Cómo está usted hoy?", dijo el oficial. "Muy bien, Nacho, ¿y usted?", contestó Julian. "Bueno...he tenido mejores días, doctor Ross". "¿Qué es lo que pasa Nacho?", preguntó Julian. "Recibimos órdenes de poner este retén solo por el día de hoy"; empezó Nacho, "supuestamente nuestro jefe recibió una información anoche de que Benjamin Lake y sus secuestradores vendrán a Mérida hoy. Nos dijeron que si los logramos interceptar aquí que los entreguemos inmediatamente a los dos Federales esperando en el restaurante al cruzar la calle. Ese es su automovil, estacionado enfrente...el Mercedes negro".

"Bien, Nacho....me parece que todo esto tiene sentido; asi que, ¿cual es el problema?". "El problema es que...esos dos tipos no son Agentes Federales; no traen insignia ni ningún otro tipo de identificación, y los Federales no utilizan autos de lujo ni traen el pelo largo, como uno de ellos lo trae. Es muy obvio que es gente del cartel". "Entiendo, Nacho, esto verdaderamente los compromete a ustedes, no crees?". "Si, así es. Disculpe, doctor Ross pero veo que su pasajero es un Franciscano. Le molesta si le hago una pregunta?". "Para nada, Nacho...su nombre es hermano Mateo", contestó Julian.

"Hermano Mateo", preguntó Nacho, "si logró toparme con Benjamin Lake hoy, ¿estaría haciendo mal en entregarlo a esos 'Federales' – como se me ordenó?". "Si, Nacho, estaría muy mal...por esta razón; ellos no son Agentes Federales, y usted lo sabe. Le dieron órdenes de entregar a Benjamin Lake a los Federales. Pero esos tipos no le han comprobado que realmente son Federales, así es que, entregarles a Benjamin Lake sería contrario a las órdenes que usted recibió".

"Así pensé yo, hermano Mateo", contestó Nacho,

"gracias por confirmar lo que mi conciencia me estaba diciendo. Entonces, ¿qué debería hacer si encuentro a Benjamin Lake hoy?". "Nacho...escúcheme", le dije, "no verá a Benjamin Lake hoy. Piénselo... ¿usted cree que él intentaría pasar por aquí sin algún tipo de disfraz? Probablemente ya pasó por aquí y ustedes no lo reconocieron". "Pero si lo reconozco... ¿entonces que?", preguntó Nacho. "En esa circunstancia, Nacho", le contesté, "no haga nada...absolutamente nada. Solo permítale pasar y que siga su camino".

"Gracias, hermano Mateo...ahora me siento mucho mejor. Estaba preocupado pensando en qué haría si me topara con Benjamin Lake el día de hoy. Pero, gracias a Dios, me encontré a usted!". "Calma Nacho", le dije, "Dios ve la bondad en su corazón, y Él lo está cuidando a usted. Permanece en paz mi hermano". "Me dio gusto verlos, doctor Ross, hermano Mateo", dijo Nacho, señalando con su mano que siguiéramos por el camino con su permiso, "disfruten su visita a Mérida!".

"¡Qué te dije, hermano!", exclamó Julian, "no hubo problema... ¡lo logramos!". "Perfecto, Julian...así lo imaginaste. ¡Muy bien!". "Es increible, hermano, la manera en que manejaste la pregunta de Nacho sobre Benjamin Lake... ¡que ingenioso! ¡Estaba yo sudando allí sentado entre los dos! Hijole... ¡lo manejaste con tanta gracia, hermano!" "No pienses que yo no estaba nervioso, Julian, porque verdaderamente... ¡lo estaba! Saber que la gente que intentó secuestrarme se encontraban al cruzar la calle realmente fue alarmante!".

"Hermano", empezó Julian, "¿que piensas del retén? ¿Crees que los secuestradores sabían que venías a Mérida?". "Yo no lo creo, Julian. Creo que están desesperados...buscando cualquier opción para encontrarme. En este momento probablemente buscan a cualquiera que pueda darles información sobre mi paradero. Por lo tanto, creo que ese retén tiene más que ver con ese don tuyo de ser 'el magnate de la aventura' que con cualquier otra cosa; oye...es solo una broma, Julian! Pero el incidente si me deja con un pendiente; crees que sea posible que el cartel tenga gente vigilando el consulado? Puede ser peligroso para nosotros llegar allí".

"No, hermano, de ninguna manera", contestó Julian, "no te preocupes por eso...nuestros problemas ya quedaron atrás. Ahora, hermano, estás prácticamente a 'salvo'. Veras, hermano, que la gente del consulado son muy sofisticados y con mucha experiencia; normalmente hay dos guardias armados en la entrada del complejo. Los guardias saben que frecuentemente hay quien pretende prevenir que un ciudadano americano llegue al consulado...así es que los malandros que andan cerca del consulado deberían de preocuparse. Cuando lleguemos a la entrada, los agentes de seguridad van a rodear el vehículo y tú simplemente dirás: *Mi nombre es Benjamin Lake; soy ciudadano de los Estados Unidos de América*".

Capítulo 19

Decir que se sentía raro estar de regreso en Manhattan, Nueva York, sería una atenuación de la realidad. Después de todas las experiencias que tuve...el orfanatorio Franciscano, la aldea Maya, el bosque pluvial, etc...sin mencionar la transformación espiritual que yo estaba experimentando, sentí que estaba visitando *La Gran Manzana* por primera vez. No es decir que estaba teniendo una experiencia positiva en la ciudad...porque no fue así. Haber estado inmerso en la tranquila, y frágil belleza de la creación me encontré horrorizado por el aparente caos y el congestionamiento del tráfico...tanto como el pandemonio sin sentido de las innumerables personas que parecían estar avanzando desesperadamente y sin rumbo. Sentí como si hubiera sido tragado entero por algún tipo de monstruo de concreto y acero acostumbrado a una dieta constante de seres humanos semiconscientes y programados... ¡de preferencia vestidos de traje de negocios! "¡No es posible que esta sea la manera en que el ser humano esté destinado a vivir!", pensé en mi mismo.

Pancho me recogió en Mérida y volamos al aeropuerto Kennedy; luego, una limusina me llevó directamente a mi apartamento en la Quinta Avenida. Dormí de gira por doce horas y desperté la siguiente mañana con un apetito feroz. Después de un desayuno más típico de un leñador que de un ejecutivo bancario, decidí caminar a mi oficina, a tres cuadras sobre la avenida Park. Me vestí casual para que no me reconocieran, pero si me puse mi crucifijo colorido...que logró conseguirme algunas miradas no muy deseables y hasta una que otra ceja arqueada.

Anticipando evitar a la prensa y los empleados del banco, hice arreglos para entrar al edificio por la entrada de servicio en la parte trasera. Lo primero que tenía que hacer antes de poder contar mi historia era hablar directamente y en privado con el Gobierno de México referente al intento de secuestro. Después de mucha reflexión, llegué a la conclusión de que había una sola persona con quien podía compartir mi historia con seguridad...el presidente de México, Miguel Uribe. Ya me había comunicado con Memphis pidiéndole que se comunicará con la oficina del presidente solicitando urgentemente una teleconferencia a las doce del mediodía.

El banco, junto con mis parientes, habían organizado una enorme fiesta y cena para mi esa noche en el restaurante *Tavern on the Green*...un icono culinario en el parque central de Nueva York. Entre los invitados estaba el alcalde, el Cónsul General de México, numerosas celebridades, muchos empresarios importantes de la ciudad, y por supuesto...reporteros de todos los principales medios de información. Seguramente, las preguntas serían interminables, por lo cual quería estar seguro de que el presidente fuera el primero en saberlo. Pero, a pesar de la posibilidad de no poder conectar con Miguel Uribe, tendría que poner en claro que el intento de secuestro no había sido perpetrado por los indígenas a fin de poder rescatar la economía de San Cristóbal.

"¡Logré comunicarme con Los Pinos!", me reporté Memphis, al entrar a mi oficina, "La persona con quien hablé me dijo que el presidente estaba ansioso de hablar con usted y que le llamará a mediodía para la teleconferencia privada. Faltan cinco minutos y hay que estar seguros de que todo esté listo de nuestra parte". "Gracias, Memphis; me agrada que estaba disponible", le contesté.

"Señor Lake...me da mucho gusto verlo!", exclamó el Presidente, "¿Le hicieron algún daño los indígenas?". "Senor Presidente, por favor...llámenme Benjamin", le contesté. "Esta es una conferencia privada, Benjamin, con confianza llamame, Miguel". "Lo más importante que quiero compartir contigo, Miguel, es que los indígenas no me secuestraron. De hecho, nadie me secuestró. Alguien intentó secuestrarme justo enfrente de la catedral, pero por la gracia de Dios, logré escapar. La gente que intentó secuestrarme y de los que he estado huyendo todo este tiempo, son miembros del cártel llamado...La Oscuridad".

"¡Fueron los indígenas los que me salvaron la vida! Fueron ellos los que me escondieron y me protegieron de los secuestradores hasta que las cosas se calmaron y pude llegar a Mérida". "Esto es increíble, Benjamin! Entonces cuál era el propósito de esa nota de rescate que dijeron haber encontrado?", preguntó el Presidente. "Bueno, Miguel, aquí es donde esto se pone algo feo. Prepárate para unas noticias inquietantes. El propósito de la nota y la razón esencial del secuestro era destruir la reputación de los indígenas, que en torno terminará toda esperanza del desarrollo del ecoturismo en esa zona. Habiendo socavado la credibilidad de los indígenas, no mas haría posible ignorarlos y perforar en busca de petróleo en la Reserva biosférica de Montes Azules, pero se aseguran de que la perforación terminará siendo la única opción viable para el desarrollo de esa región".

"Pero qué tiene que ver un cartel con el petróleo?",

preguntó Miguel. "¡Nada!", le contesté, "Te dije que se iba a poner feo; la persona que fue realmente responsable de todo fue tu Secretario de Energía, Ricardo Villanueva!". "NO! No puede ser, Benjamin...Ricardo no!". "Lo siento pero si, senor Presidente". Seguí explicando todo en detalle al Presidente y estaba verdaderamente horrorizado de la avaricia y duplicidad de uno de los miembros más confiables de su administración. Estaba visiblemente conmovido por el daño que este individuo despiadado le había causado a la hermosa gente indigena de su nación. También estaba entristecido al pensar como esta gente, que ya sufría económicamente, ahora tenía que enfrentar mayor problema económico a raíz de esta calumnia escandalosa.

"Benjamin...escuchame", empezó el Presidente, "la gente tiene que saber que los indígenas son inocentes; quiero que el mundo entero realice lo noble que fueron en rescatarte. Esto, Benjamin, es lo que voy a hacer y lo tengo que hacer inmediatamente...porque cuando estos criminales sepan que has regresado a los Estados Unidos y estás contando tu historia, es posible que abandonen esa casa para eludir su captura".

"Por lo tanto, enviaré a una unidad especial para que hagan una redada en la casa...inmediatamente. Luego, ya que los tengamos en custodia, estoy seguro que entregarán a Ricardo. No quiero que el Orfanatorio o cualquier otra persona en esa vecindad se exponga a esa gente peligrosa de aquí en adelante. Ya que saquemos a los criminales de esa casa, podremos estar tranquilos. Lo siento Benjamin, pero tengo que despedirme. Muchas gracias por ponerte en contacto conmigo y por compartir esta información delicada. Te llamaré pronto para informarte sobre los acontecimientos. ¡Adiós!".

Después de mi conversación con el Presidente Miguel Uribe, tuve una entrevista con mi primo Geoffrey, quien, como vicepresidente del banco Pretergressus, se había encargado de la operación del banco en mi ausencia. Le dije, después de la "cena de bienvenida" esa noche, que saldría a mi casa de verano en los Hamptons para recuperarme por un par de semanas. Por lo tanto, él debería continuar como jefe administrador del banco. No pude distinguir si a Geoff verdaderamente le dio gusto verme, o que si le había dado gusto seguir como encargado del banco. De cualquier modo...él parecía estar feliz.

Después de la cena, mi chofer me llevó directamente a mi casa en los Hamptons, y llegamos un poco después de la media noche. La casa, de seis recamaras, estaba ubicada en un hermoso terreno de una hectárea con vista a la playa. Era una casa antigua y prácticamente era un sitio histórico, pero había sido reconstruida recientemente y vuelta a diseñar con el enfoque en facilitar el "relajamiento". Por lo tanto, todo era sencillo y acogedor en cuanto a la casa...hasta el detalle de la teja de cedro natural. No había absolutamente nada ostentoso ni lujoso; era, como dice la gente Amish...muy "sencilla". La casa estaba rodeada de varios jardines repletos de girasoles, geranios, margaritas, tulipanes, y rosas. Dispersadas por toda la propiedad había árboles de manzana y plantas de fresas. Casi todo en la casa era de madera; los pisos, los muebles, la escalera, etc. Tan pronto entraba uno a la casa, se sentía la llamada al descanso. Había dos dormitorios en la planta baja y cuatro arriba. Aunque las recamaras no eran particularmente grandes, todo tenía una magnífica vista al mar. El aura de la casa era similar a lo que pudiera uno esperar en un sitio remoto como el Ashram de Ghandi en Sabarmati, India; un ambiente rústico y sencillo, de baja tecnología, inmerso en la naturaleza y en materiales naturales, como piel, lana, algodón, madera, lona, mimbre, pizarra, y piedra de campo.

No puedo tomar crédito por el asombroso diseño; fue obra de mi tía Clara, hermana de mi padre...que también es la madre de mi primo, Geoffrey. Sabiendo lo estresante que era la vida de mi padre, y sabiendo bien que su idea iba en contra de lo usual, de todas maneras decidió basar su diseño en una "sencillez monástica". No es fácil seguir un tema que dice que "entre menos mejor", con perfección y consistencia y, a la vez, mantener un balance humano y realista...pero Clara lo logró. Todo quien se hospedaba allí temía el día en que tendría que regresar al bullicio de la ciudad y la "carrera de ratas". Porque Clara dijo que había sentido una gran serenidad al diseñar la casa, mi padre, que fue el original entusiasta de Latín en nuestra familia, nombró la pequeña finca... Serenitatem; que en Latin significa...serenidad.

A pesar de todos los elogios, realmente no puedo decir que me gustaba la casa. Pasé la noche allí en solo una ocasión, cuando se había terminado la remodelación; y solo lo hice para darle gusto a mi tía Clara. Sencillamente...la casa no más no era mi tipo. Cuando estaba en mi apogeo, jamás me interesé en un sitio con un ambiente tan tranquilo e inspirador; yo buscaba la vida nocturna, el bullicio, la comodidad, ¡y el placer! En lo que a mi respecta, la casa no se me hizo similar al Ashram de Gandhi...me pareció más como, ¡la cueva de San Benedicto! Y no me interesaba en lo mínimo . Por supuesto, no tenía ni una fracción del estrés que tenía mi padre; no tenía esposa, ni un hijo, ni una institución financiera que manejar.

Pero ahora, después de mi experiencia con los pobres

de Dios y con su creacion; despues de mi encuentro con Agustín, de las Casas, y Francisco de Asís; después de absorber las enseñanzas del Padre Bill y haber despertado a la verdad de mi persona... Serenitatem era exactamente donde yo necesitaba estar. Estaba en la necesidad de un serio discernimiento y para lograrlo se llevaría bastante oración. La casa tenía un pequeño cuarto que servía como oficina, completo con un ordenador portátil. Conectado a la oficina estaba otro pequeño cuarto que servía de biblioteca, que en torno se comunicaba con una pequeña estancia. Decidí convertir la pequeña estancia en una capilla temporal.

Construí una cruz de madera flotante, atando dos piezas con una brizna de hierba de duna. Después de colgar la cruz en la pared, reacomodé las sillas y puse unos cojines en el piso para poder sentarme o hincarme en oración. Luego coloqué un cirio blanco grande sobre una mesa pequeña de madera bajo el crucifijo, y listo – la estancia se convirtió en... ¡la capilla de San Damiano!

La casa presumía de una amplia galería de madera que daba frente al mar, y yo me pasaba numerosas horas allí cada día, reflexionando. Si no estaba en la capilla o en la galería, me encontraba caminando por la playa, pidiéndole al Señor que guiará mis pasos hacia el futuro tan suavemente como guiaba las graciosas gaviotas que flotaban sobre la brisa del océano y bailaban entre las olas rompientes. Sentía que el Señor me estaba preparando para servirle de alguna forma, pero después de cuatro días de estancia en Serenitatem...aún no tenía una clara indicación de cuál era mi misión.

Luego en la noche del quinto día, como a las veintiún horas...mi llamado se empezó a esclarecer. Estaba sentado en la capilla leyendo las escrituras cuando me topé con

Mateo 16:24-26. Una sección que me impresionó de una manera muy peculiar...las palabras de Jesus en el pasaje veinticinco: *El que quiera asegurar su vida la perderá; pero el que pierda su vida por mí, la hallará.* De pronto me di cuenta que el banco era el centro de mi vida. ¿Y cual es el propósito de los bancos? ¡Ahorrar y acumular dinero, poder y riquezas! Por primera vez sentí que mi corazón había asumido las características fundamentales de un banco. Aplicaba a mi vida personal los mismos principios que son esenciales en la banca; estaba *ahorrando* mi vida... ¡no *dándola*!

Pero Jesus ya nos había hablado sobre este fenómeno en Mateo:21...donde está tu tesoro, allí también estará tu corazón. En ese momento me di cuenta que tendría que dejar el banco. Esta inspiración se me hizo tan fuerte y clara como si el mismo Señor literalmente me hubiera dicho: "Oye, benjamin... ¡quítate del banco!". Decidí de inmediato entregarle el banco a mi primo, Geoffrey...y no dudo que estaría más que encantado de aceptarlo.

Al despojarme del banco, me encontraría libre para servirle al Señor en lo que me pida. Pero, ¿a dónde me estaba guiando? ¿Exactamente qué es lo que Él pedía de mí al estar yo libre de mis responsabilidades en el banco? Concluí que El me lo señalaría al estar yo completamente transformado y listo para recibir dicha labor. Quizás yo necesitaba alguna información adicional. ¿Debería yo entregar el banco a Geoff sin saber que me espera en el futuro? Tal vez eso es precisamente lo que el Señor quería de mí...un acto de fe radical. Decidí cruzar un puente a la vez y tomar la decisión referente a lo del banco en la mañana.

Todos los dormitorios del segundo piso tenían enormes ventanas que ascendían desde un metro del piso hasta casi llegar al techo. Las ventanas medían dos metros de ancho, con dos secciones corredizas...cada sección de un metro de ancho. Esas grandes secciones de vidrio corrían sobre un riel y desaparecían entre la pared al abrirse. Las ventanas no tenían mosquiteros porque hubieran interferido con la vista espectacular. Porque era el fin del mes de agosto, generalmente el aire estaba caliente y húmedo...no un clima ideal para dormir con las ventanas de vista al mar abiertas. Pero esa noche en particular, llegó del norte un frente que cambió el clima como en el otoño y era particularmente hermoso. Así es que, antes de acostarme, abrí las ventanas completamente...permitiendo que entra la fresca brisa del mar que ondulaba directamente sobre mi cama que daba frente a la ventana.

No me puedo imaginar un remedio para el insomnio más eficaz que el somnoliento y tranquilo sonido de pequeñas olas salpicando suavemente sobre la arena, una tras otra; una dulce y pacífica sinfonía de tonos y armonías naturales...acompañadas de fragancias de lo más aromáticas imaginable. Desde mi punto de vista, acostado y viendo hacia afuera por una enorme apertura en la pared, sentí que flotaba sobre la costa en una nube. Alcanzaba a ver todo; la playa, las olas rompiendo sobre la arena, el mar abierto, el horizonte, el cielo nocturno iluminado por una luna creciente menguante...y una plétora de estrellas.

Inmerso en esa belleza impresionante, no pude dejar de pensar que hace poco más de un mes, no hubiera sido posible para mi reconocer, ni mucho menos valorar, esta maravillosa manifestación de la creación de nuestro Padre. Mientras disfrutaba la tranquilidad del momento, llegó a mi conciencia una extraordinaria historia que me había contado el Padre Bill cuando estuve en el orfanatorio. Se acercaba la navidad y el padre estaba de visita en la aldea Maya. Hablaba con un grupo de niños y, por alguna razón desconocida, les hizo una pregunta que él mismo no tenía la respuesta:

¿Porque piensan que Dios Padre quiso que su hijo naciera de tal manera que estaría completamente rodeado de cosas naturales como borregos, vacas, mulas, pastura, madera, y piedras?

Una niña de ocho años alzó su mano y dijo:

Padre... ¡yo se porque hizo eso! Antes de que naciera mi hermanito, mi mamá pasó varios meses tejiendo una frazada para cubrir a su bebe recién nacido. Quiso que su criatura inocente estuviera rodeado de algo hermoso que ella misma había creado...algo que comunicara el amor que tenía en su corazón. Eso fue lo que hizo nuestro Padre para con su Hijo; ¡lo rodeó de la belleza y el amor de su propia creación!

Meditando sobre esa imagen maravillosa y de la paz trascendente de la navidad, me sentí como si hubiera renacido en la presencia de la Santa Familia empobrecida y las humildes criaturas de Dios. Dado a esas tranquilas reflexiones no pasó mucho tiempo para que el panorama lujoso de belleza natural cerrará mis ojos llevándome a los recovecos más profundos de ese misterioso reino que llamamos...sueño. Mientras caía dentro de esa morada secreta, sentí un poderoso discernimiento; de algún modo conocí lo que sería mi misión. No es decir que no había tenido una previa intuición sobre mi futuro; lo tenía. Pero necesitaba un tiempo tranquilo para ver claramente lo que el Señor había hecho conmigo. Él me había dado una nueva vida, un nuevo amor... ¡y un nuevo corazón! Consecuentemente...mi sueño esa noche fue tan tranquilo que sentí como si hubiera sido... ¡asumido por el cielo!

Capítulo 20

Al levantarme la siguiente mañana me sentí revitalizado, lleno de vigor y con un nuevo propósito. No solamente fue el principio de un nuevo dia para mi...fue el principio de toda una nueva vida. Después de unas oraciones en la capilla, me puse a disfrutar un ligero desayuno de cereal con leche y plátano, luego bajé a la playa para disfrutar de una caminata matutina. Caminando descalzo por la arena, con el agua occasionalmente alcanzando a mojar mis pies, empecé a planear varias cosas que yo quería hacer. Primero, tendría que verme con Geoffrey para discutir el traspaso del banco. Luego, tendría que formular el plan para una nueva vida en San Cristobal, Mexico. Pero antes de iniciar mi misión de servicio a los indígenas en Chiapas, yo quería discutir mis ideas con el presidente de México, Miguel Uribe.

Cuando regresé a Serenitatem, lleno de energía gracias a la caminata y el respirar el aire fresco del mar, puse manos a la obra. "Buenos días, Memphis", le dije, "cómo andan las cosas por allá?". "Todo bien, señor Lake", respondió Memphis, "tiene un mensaje: le habló el presidente Miguel Uribe. Le gustaría que se comunique con él esta mañana, de ser posible". "¡Excelente! Yo ya habia pensado en llamarle", le contesté, "Memphis...por favor comuniquele a Geoff que quiero una entrevista con él hoy a la una de la tarde en el hotel Plaza de la Quinta Avenida para el tradicional 'Té de la Tarde' en el Salón de Palmas. Por favor llameme lo antes posible para confirmarlo. Ah, y...por poco se me olvida; no te preocupes por el limo. Voy a usar mi Corvette...está en el garaje. Gracias, Memphis... ¡Ciao!".

Cinco minutos después, timbró mi teléfono. Era Memphis: "Señor Lake...Geoff quiere saber si puede llevar a su madre, Clara. A ella le encanta el Té de la Tarde en el Salón de las Palmas y él está seguro que a ella le encantaría acompañarlos". "Absolutamente, Memphis; gracias... ¡ciao!". Habiendo arreglado lo de esa cita importante, ahora era tiempo de ponerme en contacto con Miguel Uribe.

"Hola, señor Presidente, soy Benjamin Lake", le dije. "Recuerda, Benjamin... ¡soy Miguel!", contestó el Presidente. "Me va llevar un rato acostumbrarme... Miguel", le dije. "Benjamin, te tengo buenas noticias", empezó Miguel, "redamos la casa y capturamos a los traficantes. Y si...confesaron que los había contratado Ricardo para que te secuestraran y fue su idea pedir dinero por tu rescate. Pensaban repartir el dinero en partes iguales. Ricardo ya está detenido, ha confesado todo y está esperando su juicio. Cuando hablé con Ricardo para expresar mi coraje y desilusión, él se llenó de remordimiento y empezó a llorar con amargura. Yo creo que se arrepiente sinceramente de sus acciones y del daño que ocasionaron a ti, a los indígenas, a su familia, y a mi administración".

"Que buena noticia, Miguel", le contesté, "¿que le va a pasar a Ricardo?". "Me supongo que recibirá una sentencia de por lo menos cinco años, Benjamin. Obviamente, jamás podrá volver a trabajar para el gobierno. Su esposa y sus tres niños pequeños serán los que van a sufrir económicamente. El salario de Ricardo era la única entrada de la familia".

"Yo me encargaré de ellos, Miguel", le declaré, "si tu me dices lo que era el monto del salario de Ricardo, yo le enviaré esa cantidad a su familia mensualmente". "¿Me estás hablando en serio, Benjamin?", preguntó el Presidente, asombrado. "Si...te hablo en serio Miguel", le contesté. "Benjamin...jamás en mi vida he sido testigo de tan hermosa compasión...tan auténtico amor". "Miguel, hace menos de un mes que a mi me hubiera importado poco si Ricardo hubiera sido sentenciado a cadena perpetua y que su familia terminará en la calle. Pero, después de haber sido rescatado y protegido por los pobres; después de haber sido sanado y transformado por su bondad y su fe; después de que mi corazón se abrió y fue renovado por la inexpresable belleza de la Reserva Biosférica de Montes Azules, ya no soy el mismo. Ahora, puedo ver todo y a todos en la luz del amor de Dios!".

"Quiero mudarme a San Cristóbal para ayudar a la gente pobre que me ayudo a mi. Quiero pasar el resto de mi vida y usar toda mi fortuna ayudando a las comunidades indígenas por medio de la educación e instalaciones médicas. Quiero organizar una universidad especial para las necesidades de los indígenas. La universidad tendrá una escuela de medicina con un hospital, una escuela de leyes, una escuela de administración, y diversos departamentos académicos...como de historia y teología, y un instituto especial para arqueología y antropología. El sistema universitario también abarcaría un número de escuelas primarias y secundarias...algunas ubicadas en la selva donde más se necesitan. El conjunto de instalaciones médicas, también se encargaría de establecer y manejar clínicas en la selva Lacandona. Yo me encargo de todos los costos involucrados. El nombre de la institución será... *La Universidad de la Civilizacion de Amor*".

"Benjamin", empezó Miguel, "lo que acabas de proponer es exactamente lo que yo esperaba ver en Chiapas algun dia. Todo este incidente, el intento de secuestro, etc,...me ha dejado muy preocupado por la gente pobre de Chiapas. Si...desde que pusiste en claro que los indígenas habían sido los héroes de esta historia, el turismo en la región se ha incrementado a niveles que jamás se han visto. Sin embargo, es tanta la necesidad que ningún incremento en turismo logrará subir a esa gente al nivel que merecen; pero el plan que acabas de detallar si es capaz de lograrlo. Si, Benjamin, ¡hazlo! ¡Hazlo lo más pronto posible! Yo te daré la tierra y cualquier estatus legal que necesites o desees tu y tu equipo. Gracias, Benjamin... ¡te lo agradezco con todo mi corazón!". "Será un placer para mi, Miguel", le exclamé, "empezaremos hoy mismo. ¡Adiós!"

Habiendo sido transportado recientemente abordo de una carreta rustica estirada por un burro, desplasarme en un Corvette Stingray, color negro azabache... ¡fue toda una experiencia! Llegué a Manhattan en tiempo record y estacioné el auto en el garaje cerca de mi apartamento – que estaba a solo dos cuadras y media del Hotel Plaza. Caminando hacia el hotel, se me acercaron tres vagabundos, que parecían ser más o menos de mi edad, vestian como... *Los Tres Chiflados*. Los tres portaban un traje negro, camisa blanca y corbata negra de mono. Sin embargo, era obvio que habían obtenido su ropa en el Ejército de Salvación porque ninguno de los trajes parecían ser de su talla, y se veían muy desgastados. El que interpretaba el personaje de Moe, se peinaba el pelo hacia el frente dejando un fleco como era típico de Moe. Curley era gordito y lucía su cabeza rasurada. Y Larry traía su pelo largo y rizado como el personaje original. Moe usaba pantuflas, Larry, un par de chanclas, y Curley traía un par de botas de trabajo sin cintas.

Esperando una caridad, estaban a punto de iniciar su parodia cómica cuando por una razón desconocida, los detuve: "Oigan", empecé, "¿ya comieron muchachos?". "No". me contestaron...apareciendo algo sorprendidos. "¡Bueno!", les dije, "porque no me acompañan; me gustaría invitarlos a almorzar". "Gracias, señor...¿para dónde se dirige?", preguntó Moe. "Al Salón de las Palmas en el Hotel Plaza... ¡Te por la Tarde!", le respondí, despreocupadamente. "Ah, por supuesto...Te por la Tarde en el Salón de las Palma. ¡A qué otro sitio pudiéramos ir!", añadió Larry, con una risita.

"Oye, espera un minuto...no eres Benjamin Lake; el tipo que desapareció en México?", preguntó Moe. "Si, soy Benjamin Lake; y ustedes, ¿quienes son?". "Yo soy el doctor Steven Rogers, cardiólogo...perdí mi puesto hace un año después de una adquisición hostil del grupo al que yo pertenecía. He estado viviendo en la calle desde entonces". "¿Qué pasa contigo Larry?", le pregunté. "Soy un abogado corporativo. Mi verdadero nombre es Anthony Romano. Cometí un error político muy estupido hace ocho meses. Me despidieron...y me desprestigiaron. Ahora mi casa es una caja vacía de un refrigerador ubicada en una remota esquina del Parque Central". "Curley... ¿qué pasa contigo?", le pregunté. "Mi nombre es Frank McManus. Estaba endeudado con el Servicio de Rentas Internas y traté de solventarlo invirtiendo en la bolsa de valores; ¡lo perdí todo! Tengo un doctorado en ingeniería de M.I.T. y llevó dos meses de vagabundo".

"¿Les gustaría un empleo trabajando conmigo?", les pregunté. "Usted es un banquero, ¿no?", dijo Moe, "nosotros... ¿que sabemos de finanzas?". "¡Ojalá que nada!", le contesté, "yo ya no estoy en finanzas; ahora voy por un camino completamente nuevo". "Y ese, ¿cual seria?", preguntó Larry. "¡Estoy construyendo una nueva civilización!", le exclamé. "¡Magnífico! Yo también soy constructor", respondió Curley, con alegría, "nunca he construido una civilización, pero oye... ¡siempre hay una primera vez!". "Me suena como una gran obra, señor Lake. ¿Piensa usted que estamos capacitados?", preguntó Moe. "¡Están sobrecapacitados!", fue mi respuesta, "sus experiencias recientes les han dado una perfecta formación para este tipo de trabajo. Ahora...estamos a punto de llegar al hotel; pidan lo que quieran. Pero, les recomiendo... *el jamón Parisino, queso gruyere y mostaza de Bavaria sobre un pretzel ficelle. Y de postre: una tarta de mandarina Pain D'épice con bombones de pan de jengibre.* En cuanto al té...soy parcial al té... *Des Amants*".

"¡Buenas tardes, señor Lake!", exclamó el maitre d' en la mesa de reservaciones a la entrada del Salón de las Palmas, "¡Qué placer verlo...bienvenido a casa!". "Gracias, Ron...me da gusto verte", le contesté, "¿tienes mi reservación para tres personas?". "Permítame...sí, aquí esta", contestó el maitre d', a la vez mirando sobre mi hombro a los Tres Chiflados parados detrás de mí. Ellos me parecían estar nerviosos e incómodos...era muy obvio que eran gente de la calle.

"Ron...una cosa más, necesito otra mesa cerca de la mía para estos tres caballeros...ellos son mis invitados", le dije, apuntando a la dirección de los Tres Chiflados. "¿Ellos tres vienen con usted?", preguntó el maitre d', aturullado. "Sí...

¡ellos son mis nuevos socios de negocios!", le contesté, felizmente. El maitre d' me hizo a un lado y susurró: "Señor Lake...esos hombres son vagabundos... ¡y apestan! Pueden tener piojos... ¡o hasta pulgas!". "Ron, ¡tranquilo! Te preocupas demasiado. Yo te aseguro que todo esto va a estar bien. Ahora, por favor...llévanos a nuestras mesas". Ron respiró profundamente...y con una gran sonrisa dijo, "Hecho, señor Lake...por aqui por favor".

Todos los ojos estaban sobre mí y mi llamativo séquito en nuestra procesión por el Salón de las Palmas. Los Tres Chiflados llevaban su cabeza en alto como si fueran de realeza...mientras desfilaban entre la alta sociedad de Manhattan. Estaban tan orgullosos de ser vistos en público con el famoso Benjamin Lake y de ser escogidos como socios en la construcción de una misteriosa, nueva civilización.

Nos sentaron en nuestra respectiva mesa y apenas empezábamos a estudiar el menú cuando divise a Geoff y Clara entrando al restaurante. Los dos mostraron asombro al pasar la mesa de los Tres Chiflados. Las primeras palabras de Geoff después de haberse sentado con su mamá fueron: "¿De que se trata esto?", dijo él, apuntando a la mesa de los Tress Chiflados, discretamente, "¿Cómo diablos entraron aquí estos tipos?". "Vienen conmigo, Geoffrey", le contestó, calmadamente, "¡son mis invitados!".

"¿Tus invitados?", exclamó Clara, escandalizada. "Bueno, en realidad son más que mis invitados; ¡son mis nuevos socios!", le contesté con una sonrisa. "¡Tus nuevos socios!... ¿a que te refieres, Benjamín? ¿Porque me pediste esta entrevista aquí? ¿Fue solo para presentarme a estos tres imbéciles?", dijo Geoff, dando su cara a los Chiflados...en cuyo momento Curley sonrió y, con dedos revoloteando de su mano derecha, dio a Geoff un saludo cómico; Moe lo fulminó con la mirada y una grave expresión en su cara al darle un saludo militar, mientras que Larry sostenía un plato detrás de la cabeza de Moe... ¡como si fuera una aureola! Geoff, luciendo fruncido el ceño, inmediatamente los rechazó en un resoplido.

"Tus amigos son muy talentosos", comentó Clara, sarcásticamente, "estoy segura que llegarás muy lejos con ellos!". "Estoy seguro que si, Clara...verdaderamente lejos. ¡México... para empezar!", le contesté, "ahora...seguimos con la razón para esta entrevista, Geoff. Necesito estar libre para mi nueva misión, que es servir a la gente pobre que me salvó la vida. Por lo tanto, quiero hacerte propietario del banco. Oíste bien, te estoy dando el banco. ¿Qué piensas?".

"¿Qué pienso yo?", respondió Geoffrey, "en lugar de preguntarme qué pienso, Benjamin, ¡deberías estar en la oficina de un psiquiatra preguntando lo que piensa de *tus* pensamientos!". "Yo estoy bien, Geoff. Ahora... ¿quieres el banco o no? Si no, se lo voy a dar a los tres caballeros sentados en la mesa detrás de ti; ¡seguramente lo merecen mas que tu!".

"Bien, Benjamin...vamos a tomar calma; veo que estás hablando en serio", empezó Geoff, "si, por supuesto que quiero el banco pero lo que me preocupa es que ahorita no estas bien de tu mente y en un mes, cuando recuperes tus sentidos, me llevaras a corte diciendo que tomé ventaja de tu estado mental debilitado. Es posible que tengas síndrome de estres postraumatico...o algun tipo raro de síndrome de Estocolmo". "Geoff", respondí, "no sufres ese síndrome viviendo con Franciscanos pacíficos y huérfanos Maya amables. En cuanto al síndrome de Estocolmo...sólo se desarrolla cuando eres secuestrado. A mi no me secuestraron, Geoff".

"Pero tiene que haber algo malo contigo, Benjamin; ¿quien regala un banco?", suplicó Clara. "Una persona con un valor de setenta y cinco billones de dólares, que ha decidido amar y servir a los pobres, por tiempo completo... ¡ese es quien!" le contesté con emoción. "Pero Benjamin...igual puedes servir a la humanidad siendo un poderoso banquero. Recuerda como J. P. Morgan rescato a la nación cuando ayudó al presidente Grover Cleveland a solventar la economía Americana en la estela del pánico de 1893". "Si, por supuesto que recuerdo como ese bribón rescato al país durante esa gran crisis. ¡También recuerdo cómo logró ganar millones de dólares haciéndolo!". "Pero Benjamin", respondió Geoff, "hacer negocios es cosa buena... ¡es el estilo Americano! Recuerda lo que dijo el presidente Calvin Coolidge en 1925: *¡El principal negocio de la gente Americana es el negocio!*".

"Si recuerdo lo que dijo Coolidge, Geoff. Y solo cuatro años después el mundo entero, no nada más los Estados Unidos, fue azotado brutalmente por la Gran Depresión. ¡Tanto por la adoración de negocios! Negocios, Geoff, jamás deben ser la principal preocupación de ninguna gente....mucho menos la gente con la libertad y la prosperidad que gozan los Americanos". "Si no negocios, entonces... ¿que, Benjamin? ¿Cuál debe ser la principal preocupación de la gente?", preguntó Geoff.

"¡AMOR, Geoffrey!", le exclamé, "¡el amor debe ser la principal preocupación de la gente! Solo considera lo que nos enseñó Jesús, el Maestro de nuestras almas: *Por lo tanto, busquen el reino y la justicia de Dios, ¡y esas cosas vendrán por añadidura!* (Mateo 6:33-34). Hemos estado viviendo una vida a medias, Geoff. Por supuesto que disfrutamos de gran comodidad y seguridad...pero aún está lejos de ser la vida abundante que nuestro Padre Celestial desea brindarnos. Nuestro Padre conoce más de nuestra vida humana que nosotros mismos. Pensamos que la vida se trata solo de recibir; nuestro Padre sabe perfectamente bien que en realidad, ¡se trata de dar!".

"Es por eso que Jesus nos enseño... *den, y se les dará; recibirán una medida bien llena, apretada y rebosante; porque con la medida que ustedes midan serán medidos* (Lucas 6:38). He escogido vivir con lo que mi Padre me da. ¡He tomado la decisión de abrazar la vida abundantemente! ¿Es posible que lo encuentres tan difícil de entender, Geoff? ¡Espero que no! Ahora, Geoff...soy un hombre ocupado; ¿quieres o no el banco?". "Si, Benjamin", contesto Geoff, su madre asintiendo con la cabeza en afirmación, "sí, quiero el banco; ¡y te doy las gracias por este verdaderamente maravilloso obsequio! Pero, por respeto a una divulgación completa, debería agregar que no comprendo completamente esta nueva dirección que has tomado; sin embargo...lo empiezo entender".

"Benjamin", empezó Clara, "que exactamente es lo que estás planeando hacer en México? ¿Cómo vas a ayudar a los pobres? ¿Estás pensando en organizar una fundación?". "Excelente pregunta, Clara. No voy a establecer una fundación caritativa. Cuando la gente establece una fundación, generalmente dicen que necesitan la fundación para que sus obras caritativas puedan sostenerse por tiempo indefinido; pero siempre me ha parecido que la verdadera razón para la fundación es asegurar que la fortuna del benefactor se sostenga a través del tiempo. En la mayoría de las fundaciones, el filántropo rico termina dando relativamente poco".

"Entonces, ¿qué tipo de plan financiero vas a utilizar, Benjamin?", preguntó Geoff. "El plan financiero que utilizaré, Geoff, se llama... ¡*dar del corazón!* Sencilla-mente, voy a usar mi dinero para financiar todos los servicios. ¡Los pobres necesitan ayuda ya! No pueden esperar hasta que sea conveniente para mí. Mientras que estoy calculando mis ganancias...los pobres, nuestros hermanos y hermanas, ¡están sufriendo y muriendo! Clara...preguntaste sobre una fundación. Aunque una fundación no es parte de mi plan, lo que sí es parte de mi plan es algo mucho mayor de lo que pudiera ser cualquier fundación; vamos a sembrar las semillas de una nueva civilización... ¡*La Civilización de Amor!*"

"Esto me suena como un idealismo juvenil... ¡un sueño cuyo destino final es el completo fracaso!", se quejó Clara. "No es un sueño y no puede fallar", le respondí, "y además, Clara...no seas tan dura con el idealismo juvenil; ¡la gente joven es talentosa y capaz de grandes cosas!". "Pero si usas tu propio dinero sin poder reponerlo de alguna forma...tarde o temprano, ¡se te agotará!", dijo Clara. "Ese es el riesgo inherente cuando das hasta que duele, Clara", le contesté, "pero eso es lo que requiere un auténtico amor; es una obra de corazón... ¡o no es nada! Es por eso que a pesar de las apariencias a lo contrario, el verdadero amor jamás fracasa. Cuando Jesus nos salvo muriendo en la cruz, parecía ser la mera definición de un fracaso".

"Pero la verdad, Clara", continúe, "la probabilidad de que se acabe el dinero es prácticamente cero; Jesus bendice nuestra caridad cuando esta nace del amor. Recuerda la historia de los panes y los peces. Jesus dijo a los discípulos denle algo de comer a la gente, y los discípulos contestaron que solo tenían un poco de pan y unos cuantos pescados...apenas lo suficiente para ellos y Jesus. ¿Y qué hizo Jesús? Bendijo el pan y los pescados y ordenó a sus discípulos servir a la gente primero y entregarles todo el pan y todos los pescados. Y, ¿qué sucedió? ¡Miles de gente comieron y sobró mucha más comida de lo que tenían originalmente! ¡Dios bendice el amor, Clara!".

"Jesús les enseña a sus discípulos y a nosotros, *a no preocuparse por lo que vas a comer* (Mateo:25), porque amar es más importante...*el hombre no solo vive del pan* (Mateo 4:4). También, cuando Jesus se encontraba evangelizando a la Samaritana y sus discípulos finalmente regresaron a insistir que tomará un alimento, Él les dijo: *Yo tengo el alimento que ustedes no conocen* (Juan 4:32). ¡Amar y servir al prójimo era su alimento! Cuando mi padre nombró su banco, Banco Preatergressus, que significa, *Avanzar Más Allá*...quizás era una manifestación de una profunda intuición de que algún día la humanidad avanzará más allá de solo acumular y ahorrar, y entrar en una realidad más elevada... ¡dando y compartiendo!".

"La verdad, Clara...no estás realmente preocupada por mi y la posibilidad de terminar sin un centavo. Acabando de recibir un obsequio de valor asombroso, te preocupa que yo pueda terminar sin nada para compartir contigo y con Geoff, y que la gente piense menos de mi y en consecuencia...menos de ustedes dos también... por 'despilfarrar' la fortuna Lake de una manera tan irresponsable. Estas preocupaciones son muy humanas, y lo comprendo. A la misma vez reconozco que son insignificantes y egoístas...tomando en consideración lo que verdaderamente importa. Y de eso precisamente se trata. Tu y yo siempre tendremos más de lo que necesitamos, pero hay tantos de nuestros hermanos y hermanas que no tienen nada. Esto es intolerable y tiene que cambiar".

"¿Y realmente piensas que tu puedes cambiar eso, Benjamin?", preguntó Geoff. "Lo que se es esto, Geoff; la única manera que puede cambiar, es que primero cambie el corazón de la humanidad. Todo empieza con el corazón humano; cuando los corazones cambian...el mundo también cambiará. Es por eso que dije que La Civilización de Amor se trata de una transformación del corazón humano; nada más que eso servirá para cambiar al mundo. Si te imaginas que la política es la solución, recuerda esto; la política es simplemente una refleccion de lo que se encuentra en el corazón del hombre. Si el corazón del hombre es transformado por el amor...el ámbito político refleja ese amor. Todo empieza en el corazón".

"Bueno, Benjamin", empezó Geoff, "esta ha sido probablemente la discusión más fascinante que jamás he tenido. Además, esta tarde de té en el Salón de las Palmas quedará grabada en mi memoria como uno de los días más notables de mi vida; ¡el día que mi primo Benjamin me hizo obsequio del banco Praetergressus! Pero ya debería irme, Benjamin". "Por supuesto, Geoff; le diré a Memphis que prepare todo para el traspaso. Después de firmar los documentos, el banco será tuyo".

Capítulo 21

"Caballeros...esta será su casa por los siguientes días", les dije. "¡Wow! ¡Este es un lugar muy lujoso!", exclamó Moe. "Es solo el exterior", le contesté, "espera hasta que veas el verdadero apartamento". Subimos en el elevador a mi apartamento de cuatro dormitorios en el sexto piso. "Bueno, amigos, hemos llegado. Permítanme llevarlos a sus recamaras. Cada recamara tiene su propio baño, completo con jacuzzi; y también hay una cama plegable en cada closet. En el refrigerador y la despensa hay un surtido de víveres, y Memphis llegará en cualquier momento con un representante de *Brooks Brothers* para medirlos para su nuevo aguar. Memphis ya los investigó para confirmar su identidad. Se que estan casados y tienen familia, así es que les pido se comuniquen con ellos para avisarles que han sido contratados por Benjamin Lake para asistir en el desarrollo de una red de instituciones caritativas en San Cristóbal de las Casas, Mexico".

"Díganle a sus esposas y a sus niños que pueden usar mi limosine para viajar a Manhattan y se pueden hospedar aquí en el apartamento, o en el Hotel Plaza...por mi cuenta. Nos iremos a México en siete días. Me gustaría que cada uno de ustedes se mude a San Cristóbal con su familia...pero la decisión es suya. Si sus familias prefieren mudarse después...también sería aceptable. Viajaremos en mi jet privado. Cada uno de ustedes tendrá una casa sencilla y cómoda, un salario decente, y una posición desafiante pero gratificante. Doctor Steve...tú serás el director del hospital y de la escuela de medicina. Antonio...tú serás el director de la escuela de leyes. Frank...tu vas a supervisar la construcción de todo el complejo. Padre Bill, que pronto van a conocer, será, espero...nuestro capellán y guía espiritual".

"Sus esposas van a querer saber cuánto dinero van a ganar. Les daré, a cada uno, cincuenta mil dólares por año. Eso es una pequeña fortuna en México; tomen en cuenta el tipo de cambio...once pesos por un dólar. Además, recibirán alojamiento y despensa, un vehículo...y también seguro médico para toda la familia. Este proyecto no se trata de enriquecerse...esto es una misión para ayudar a nuestros hermanos y hermanas que están sufriendo y cuyos derechos y dignidad han sido seriamente comprometidos. Jesus dijo...*He venido a servir y no a que me sirvan* (Mateo 20:28). Si realmente quieren enriquecerse, será mejor para ustedes quedarse en Nueva York para ver qué oportunidades se pueden presentar".

"Muy bien, compañeros...voy a regresar a los Hamptons. Me pueden llamar a mi o a Memphis si tienen alguna pregunta y con confianza pueden comer en el Plaza cuando gusten...ya me encargué de la cuenta. Memphis, que a propósito también se mudará a San Cristóbal, les entregará mil dólares en efectivo a cada uno para cubrir cualquier gasto que tengan antes de iniciar nuestro viaje. Gracias por aceptar ser parte del equipo... ¡Dios los bendiga!".

El siguiente día, ya de regreso en Serenitatem, empecé a preparar mi "Lista de Cosas" por hacer; lo primero era una llamada a Padre Bill...seguida por una llamada a

Miguel Uribe. "Hola, Padre Bill... ¿como estas?". "Fantástico, Benjamin; ¿qué pasa contigo?", contestó Padre Bill. "He analizado mi corazón, Padre Bill, y he descubierto cual es mi vocación: voy a regresar a San Cristóbal a establecer un hospital gratuito y un sistema escolar gratuito para los indígenas pobres. El proyecto ya tiene la bendición de Miguel Uribe, presidente de México. Mi equipo consiste en ocho adultos y siete niños y necesitamos alojamiento mientras se construyen nuestras casas; ¿se te ocurre algún sitio que sea adecuado para nosotros?", le pregunté. "¡Absolutamente!", contestó Padre Bill, "¿Recuerdas el edificio en la esquina del terreno del orfanato? Pues, es un convento de ocho recámaras y se desocupó como dos meses antes de tu llegada aquí. Se pueden quedar allí... ¡estaría perfecto!".

"¡Maravilloso, Padre, simplemente maravilloso!", le exclamé, "Podemos asistir a misa con usted a diario, y los niños pueden hacer amistad con los huérfanos. Además, Padre, me encantaría si aceptarás ser el capellán del nuevo hospital y de la escuela". "Sería un honor para mi, Benjamin; gracias", contestó Padre Bill. "Benjamin, comentaste que habías hablado con Miguel Uribe, así es que, ¿supongo que sabes de la redada de la casa de los traficantes?". "Si...me lo contó todo", le contesté. "Pues algo asombroso sucedió ese día, Benjamin, y estoy seguro que aparte de mi, nadie lo sabe. Durante la redada el rufián de pelo largo, el que intentaste evangelizar cuando escapabas de la ciudad, lo hirieron seriamente. Corrí a la escena al oír los disparos y me permitieron acompañar al moribundo. Le dije: *Mi hermano, ¿cuál es tu nombre?*, y él me contestó, *Gregorio. Mi nombre es Padre Bill...quisiera darte una bendición y orar contigo. ¿Estaría bien Gregorio?*.

¡Sí, sí, Padre!, respondió el hombre, a punto de morir, *Por favor...deme la bendición y rece conmigo. Ayúdeme Padre; me quiero confesar.* "Después de su confesión, recibió viaticum. Luego, me vio a los ojos y con la expresión más serena en su rostro, murmuró las siguientes palabras: *¡La oración del buen fraile ha sido contestada! El Señor me ha ayudado a encontrar la cosa verdaderamente más valiosa... ¡la fe! He vuelto a obtener mi fe, Padre. ¡Gracias!* "Y con esas palabras en sus labios, cerró sus ojos y, estoy seguro...que se fue derecho al cielo".

"Padre Bill...me ha ganado la emoción", le dije...con lagrimas en mis ojos, "muchas gracias por ir corriendo a ese lugar para salvar al hijo pródigo y ayudarlo a regresar a la casa de su Padre". "Benjamin...realmente tú fuiste el primero que le extendió la mano", exclamó Padre Bill. "Jamás podría haberlo hecho sin que Dios primero me rescatará de mi camino autodestructivo. Gracias por compartir esa historia conmigo, Padre Bill...jamas la olvidaré", le dije, humillado y profundamente conmovido. "Sabes, Benjamin, creo que tu proyecto caritativo tiene otro gran benefactor en el cielo; su nombre es... ¡Gregorio!".

La historia de como Gregorio había recobrado su fe sirvió para confirmar en mi el tema que quería discutir con Miguel Uribe. "Buenos días, Miguel". "¡Buenos días, Benjamín! ¿Cómo estás? ¿En que te puedo servir?". "Ya casi estamos listos para iniciar la obra en San Cristóbal", le dije, "pero hay algo que quisiera platicar contigo". "Seguro, Benjamin", contestó el Presidente, amablemente, "¿que traes en mente?". "Miguel", empecé, "¿sería posible que le dieras un perdón presidencial a Ricardo Villanueva, para permitirle trabajar conmigo? Yo siento que se merece una segunda oportunidad y me gustaría nombrarlo director de un instituto para estudios ambientales que esperamos poder establecer. Él y su familia vivirán junto con mi equipo, rezaran con nosotros, y trabajaran con nosotros. Quizás se le puede dar libertad condicional por cinco años, más o menos. Piensalo, Miguel...él estaría ayudando a la misma gente a quien anteriormente le fue completamente indiferente".

"¡Wow, Benjamin...que idea tan interesante! Es extremadamente noble de tu parte no solo interceder por Ricardo pero a la vez, ayudarle a reformarse y restablecerse. Sabes, Benjamin, desde el punto de vista político, el escándalo que Ricardo causó fue muy similar al escándalo que se vio en tu país cuando se descubrió que la CIA había coludido con la Mafia en un plan para asesinar a Fidel Castro, que fue un fracaso. Obviamente, hay diferencias, pero ambos violaron seriamente la confianza que el pueblo había puesto en su gobierno. Dejemos la política a un lado, Benjamin, lo que verdaderamente me interesa saber es esto: ¿aceptaran los indígenas a Ricardo y aprobarían el hecho de haber logrado su libertad tan fácilmente?". "Yo pienso que si, Miguel, especialmente cuando lo vean involucrado en un proyecto que logrará mejorar sus vidas dramáticamente. Y cuando ellos vean que yo lo he perdonado de corazón...no dudarán en perdonarlo". "Es gente tan buena y tan noble, Benjamin...yo creo que tienes razón", declaró el Presidente, "¡Vamos a hacerlo! Voy a elaborar el perdón inmediatamente. ¡La mujer de Ricardo y sus hijos serán los más felices del planeta! Dios te bendiga, Benjamin Lake... ¡adios!".

Después, esa misma tarde, recibí una llamada sorprendente de Memphis: "Señor Lake...están sucediendo algunas cosas que debería saber". "Seguro, Memphis.... ¿que sucede?", le contesté. "Geoffrey dio una nueva conferencia de prensa esta mañana anunciando el traspaso del banco. Le contó a la prensa de sus planes de mudarse a México y trabajar con los pobres. Ahora... ¡todo el mundo quiere entrevistarlo a usted! He recibido llamadas y peticiones de todos los principales programas mañaneros, los programas nocturnos, PBS, noticiero de cable, BBC, Sesenta Minutos.... ¡y muchos más! El alcalde habló y le sugirió hacer una conferencia de prensa".

"Gracias, Memphis, captó la idea. Si concedo dar entrevistas a todos los medios de comunicación, dirán que solo busco atención; y si me alejo de ellos, dirán que oculto algo. Por lo tanto; voy a preparar un comunicado, te lo enviare por correo electrónico para que lo difundas a la prensa. Sin embargo, creo que sería bueno hacer una entrevista. La BBC es la más internacional del montón, así que porque no le llamas a la BBC y les dices que manden a su corresponsal para los Estados Unidos, Linda Kelly, junto con su camarógrafo y equipo a Serenitatem mañana a las once. Diles que después de la entrevista los invitó a comer conmigo. Podemos disfrutar de una carne asada en la galería frente al mar. De nuevo, gracias, Memphis... ciao".

Capítulo 22

"Doctor Lake", empezó Linda Kelly, "usted es uno de los más ricos del mundo, con un valor neto de setenta y cinco billones de dólares; ¿porque ha regalado su banco y porque se está mudando a San Cristobal, Chiapas, Mexico, para servirle a la gente pobre indigena que vive allí? La mayoría de la gente está asombrada por su decisión y piensa que usted está cometiendo un grave error. ¿Qué les diría a ellos?".

"Hace apenas dos meses", empecé, "yo hubiera estado de entero acuerdo con ellos. Pero, después de conocer a los pobres personalmente, y después de haber sentido su bondad, su fe y su amor...ya nada veo de la misma manera. He llegado a verlos como mis propios hermanos y hermanas...me siento muy responsable de ellos. Ya, no puedo dar satisfacción a mi conciencia imaginándome que alguien más cuidará de ellos...alguna agencia de gobierno, por ejemplo. Ahora, reconozco que yo, personalmente, tengo que ayudarles: *al que se le ha dado mucho se le exigirá mucho* (Lucas 12:48)".

"Tenemos entendido que se usará su propio dinero para financiar todas las obras caritativas que tiene en mente. ¿No le preocupa que eventualmente se le agotará el dinero?".

"No, Linda", le contesté, "honestamente, eso jamás se me había ocurrido hasta que la gente empezó a mencionarlo. Jesus nos alienta a la caridad porque Él sabe que el que da recibirá un tesoro aún más valioso: *El que pierda su vida por Mi, la hallará* (Mateo 16:25). En consecuencia, se puede preguntar, ¿qué es la caridad 'sincera'? Jesus nos dio una maravillosa descripción de la viuda caritativa y su donación al templo: *Los ricos han dado de su exceso, pero ella en su pobreza, ha contribuido todo lo que tenía... ¡todo su sustento!*".

"Para mucha gente, Linda, este tipo de caridad le puede ser extremadamente difícil...prácticamente imposible. Pero, la verdad es que es mucho más estresante acaparar, administrar, y proteger la riqueza que lo que sería simplemente compartirla".

"Doctor Lake", preguntó Linda, "¿piensa abandonar su antiguo estilo de vida; paseando en su yate por la Riviera Francesa, sus fiestas lujosas, su vida en la opulencia, etc...? Y de ser así...¿no piensa que estrenará esas cosas?".

"Si, Linda, va haber un mar de cambios a mi manera de vivir", le contesté, "pero la razón no va a ser por finanzas. La verdad es...esas cosas ya no me interesan; el amor te transforma de lo más profundo hacia afuera. El conocimiento de los sufrimientos de los pobres lo siento intensamente en mi corazón, tanto que jamás podría regresar a aquel estilo de vida egoísta y excesivo del cual antes yo me sentía orgulloso. Deseo que mi preocupación por ellos sea autenticado por mi propio estilo de vida; es decir...quiero vivir en solidaridad con ellos. Mi único deseo ahora es servir a quienes he sido enviado para servir... ¡esa es mi alegria!".

"¿Piensa que otra gente rica debería hacer lo que usted está haciendo?", preguntó Linda.

"Como están las cosas, Linda...estoy tan ocupado con lo que estoy haciendo que no tengo ni el tiempo ni la energía para pensar en lo que están haciendo o no haciendo los demás. Sin embargo, deseo que otros puedan tener la experiencia de libertad y alegría que yo estoy sintiendo. Pero si alguien desea seguir mis pasos...eso queda entre esa persona y Dios; jamas seria yo capaz de presumir poder juzgar a nadie en este asunto. Habiendo dicho esto, para mi es claro que muchos, muchos estilos de vida tendrían que cambiar para que el problema de la pobreza global finalmente se resuelva y si nuestro hermoso planeta debe rescatarse de esta trayectoria desastrosa que tiene ahora. La solución de estos problemas, dado a su naturaleza, tendría que ser un esfuerzo común".

"Pero usted, Doctor Lake, no obstante", continuó Linda, "se da cuenta que está ofreciendo un poderoso ejemplo que servirá para inspirar a muchos más para que sigan sus pasos".

"Actualmente, Linda, yo no estaba conciente de eso; pensé que la mayoría de la gente no me prestaría atención. Como dije, mi enfoque es mi misión... y eso es más que suficiente para mi. Sin embargo, si Dios usa mi obra para inspirar a otros...¡eso sería maravilloso!".

"Doctor Lake", preguntó Linda, "que le diría a alguien que tenga la inspiración de seguir su ejemplo?".

"Creo que le diría...cuando das, hazlo de tal manera que afecte la manera en que tu vives tu vida. Mucha gente buena contribuye, pero lo que ellos dan está calculado y demasiado medido; y por lo tanto, realmente no hay un cambio discernible en la manera en que ellos viven su vida. Compartir es un estilo de vida... ¡el amor es una forma de vida!".

"Y finalmente, Doctor Lake", empezó Linda, "si alguien le preguntará... ¿está 'tratando de cambiar el mundo'? ¿Cuál sería su respuesta?".

"Yo les diría que solo trato de amar como Jesús ama; servir como Jesus sirve; y perdonar como Jesus perdona. ¿Eso sería capaz de cambiar al mundo? No lo se...pero es posible que cambien los corazones. Y cuando los corazones cambian...el mundo cambiará".

Unos días después de la entrevista con la BBC, mi equipo y yo volamos a San Cristóbal de las Casas, México. Empezamos a trabajar y en relativamente poco tiempo desarrollamos un sistema muy efectivo de servicios gratuitos para la gente que, por cientos de años, habían sido excluidos y olvidados. Convertí mi yate de sesenta y cinco metros, Amigo, en un buque hospital especializándose en oftalmología. Mi jet se usó para trasladar pacientes a cualquier hospital necesario para sus cuidados especializados. Vendí todas mis propiedades...la de los Hamptons, la de la Quinta Avenida, y la de la Costa del Sol...compré terrenos y construí casas para los pobres.

Mi amigo, el arqueólogo, Doctor Julian Ross, inmediatamente se incorporó al proyecto. Inició un departamento de arqueología y antropología en la nueva universidad. Una de las principales razones del éxito del departamento se atribuye directamente a sus asistentes talentosos; Pakal...el mono araña más inteligente que jamás ha salido de la selva Lacandona...y Lakamha...la guacamaya escarlata locuaz de Palenque.

Esperanza se hizo directora de una escuela especial para entrenar maestras bilingües. Su hija, Rosario, subió a encabezar el departamento de historia de la nueva universidad, mientras que laboraba sobre su tesis doctoral y haciendo una extensiva investigación histórica de la vida de Bartolomé de las Casas. Por mi parte, me dio gusto poder ofrecer cátedra sobre literatura Griega y Romana.

Los tres chiflados y yo nos convertimos en Dominicanos laicos. Y hasta el "Magnate" y Ricardo se agregaron al grupo de Dominicanos laicos. Antonio, el huérfano, siguió sus estudios y se graduó *summa cum laude* de la nueva escuela de medicina. De pronto se convirtió en uno de los más reconocidos internistas y el mejor medico diagnostico en todo México. Tavito, el niño que le picó la serpiente, llegó a convertirse en un sacerdote misionero y se especializaba en visitar las aldeas más remotas.

A manera de que fue creciendo nuestra amistad, mi relación con Rosario floreció. Como dijo el poeta Romano Ovidio: *El amor entra disfrazado en nombre de amistad.* Nos casó el Padre Bill en la Capilla de San Nicolas acompañado por mi mejor amigo Julian. Poco después, Dios nos bendijo con dos pares de cuates...dos niños y dos niñas. "El Magnate" utilizó sus poderes especiales para atraer a Memphis, y también se casaron en la Capilla de San Nicolás y yo acompañándolo como su mejor amigo... ¡y Pakal llevó los anillos!

Mientras tanto, como había previsto Linda Kelly, la reportera de la BBC, nuestra labor ganó reconocimiento internacional y empezaron a brotar proyectos similares por el mundo entero. ¡Hasta me otorgaron el premio Nobel de la Paz! Pero, aún más asombroso, fue que el Papa me invitó a ser uno de sus consejeros personales, y tenía el gran placer de dialogar con él frecuentemente.

Eventualmente, el Buen Pastor vino por mí. Me encontraba en oración cuando lo oí decir: *Tuve hambre y me alimentaste; anduve sin ropa y me vestisteis; estaba enfermo y fuiste a visitarme; un forastero y me recibiste en tu casa* (Mateo 25:35-40). Luego me dijo: *Ahora... ¡ven a casa conmigo!* Y, como dijo San Pablo en primero de Corintios 15:52... *En un parpadear de ojos...* ¡estaba en el cielo!

En el principio, mi querido lector, dije que iba a compartir mi trayectoria de vida contigo; y como puedes ver... ¡fue realmente interesante! Y a pesar de que mi alegría aquí en el cielo no tiene medida, compartir esta historia contigo en realidad ha incrementado mi alegría. Por lo tanto, ¡te agradezco haberme permitido regocijarme contigo!

SOBRE EL TRADUCCIÓN

Cortesía de Adriana y Arturo Campbell — Adriana y Arturo, son Estadounidenses naturalizados nacidos en México, cuya crianza y experiencia de vida les ha permitido gozar de un dominio de los idiomas de Inglés y Español, y un aprecio profundo de ambas culturas.

www.ingramcontent.com/pod-product-compliance
Lightning Source LLC
Chambersburg PA
CBHW010806250626
47156CB00010B/3020